colección alandar

Directora de la colección:
Mª José Gómez-Navarro

Equipo editorial:
Violante Krahe
Juan Nieto
Lupe Rodríguez

Dirección de arte:
Departamento de imagen y diseño

Diseño de la colección:
Manuel Estrada

Fotografía de cubierta:
A.G.E.

Carretera de Madrid, km. 315,700
50012 Zaragoza
Teléfono: 913 344 883
www.edelvives.es

ISBN: 84-263-5146-8
Depósito legal: Z. 2034-03

Talleres Gráficos Edelvives (50012 Zaragoza)
Certificados ISO 9002
Printed in Spain

El 0,7% de la venta de este libro se destina a la construcción de la escuela que la ONG Solidaridad, Educación, Desarrollo (SED) gestiona en San Julián (El Salvador).

FICHA PARA BIBLIOTECAS

ÁLVAREZ, Blanca (1957-)
Las fuentes del destino / Blanca Álvarez. – 1ª ed. – Zaragoza : Edelvives, 2003
104 p. ; 22 cm. – (Alandar ; 37)
ISBN 84-263-5146-8
1. Galicia. 2. II República, 1931-1939. 3. Amor. 4. Enfermedades. 5. Emigración. I. Título. II. Serie.
087.5:821.134.2-31"19"

Las fuentes del destino

Blanca Álvarez

EDELVIVES

A Manuel Antonio, poeta gallego
que recuerdan los marineros.

LOS NOMBRES

Cuando las dos mujeres se encontraban en la botica de doña Hilaria, en la fuente o en lavadero de piedra, se saludaban como si, de alguna manera, compartieran a sus hijos, no solo en el nombre, sino en un futuro incierto. En la iglesia, se pasaban el agua bendita de yema a yema, sonriendo, sabiéndose penetradas por un invisible cordón sagrado. Teresa, madre de Gabriel, y Juana, madre de Gabriela, se saludaban sintiéndose hermanas. Los nombres de los niños se eligieron como homenaje a sus abuelos; ambos se llamaban Gabriel. Nacieron con cuatro meses de diferencia, Gabriel en mayo, Gabriela en septiembre.

Nacieron en un tiempo confuso. Lejos, mucho más allá de los montes donde los lobos custodiaban leyendas pétreas, los reyes temblaban sobre sus tronos; los hombres morían en una guerra remota y africana; los hambrientos lanzaban su furia contra los conventos; los dueños de los cañones preparaban, sin descanso, las causas para una nueva hecatombe. El monte y el aullido de los lobos sirvieron durante siglos como frontera; pocas veces atravesaba sus espinos la historia y, si lograba penetrar el misterio de brumas, casi siempre era para empeorar las desgracias de sus habitantes.

De los muertos y el retumbar de cascos galopando sobre adoquines y cuerpos, apenas llegaban noticias a Cova das Fontes. Solo de tarde en tarde, los rozaba la epopeya escrita por otros en forma de reclamo a filas para algún mozo o a través de los encendidos sermones del cura enviando al infierno a quienes incendiaban iglesias y ultrajaban conventos, pecadores contra el orden divino establecido en la tierra. Pero nadie creía al ministro de un Dios invisible: ni la ermita de los romeros, allá en Monte Ouro, ni la pequeña iglesia del pueblo, ni el remoto cenobio donde aún oraban harapientos cuatro viejos monjes, los últimos viticultores de una uva pequeña, verde amarillenta como esmeralda de otro continente, habían sido jamás mancillados por otras hordas que la peste en tiempos, el hambre casi permanente y la soledad. Santiguaban sus pechos las mujeres y bajaban los hombres la testuz, convencidos todos de la mentira del páter, un cuento más sobre aquel infierno destinado a los pecadores.

Más allá de los límites de su propia desgracia, los sucesos se convertían en cuentos o en sucedidos tan reales como aquellos que fabulaban de los muertos del cementerio y la Santa Compaña. Menos creíbles que los relatos cantados por los buhoneros.

La vida se resumía a sobrevivir a las malas cosechas de la patata y del centeno, místico alimento de pobres y ascetas; a espantar con rezos y ungüentos de curandera las epidemias que diezmaban cerdos y vacas; a implorar a la Virgen el cuidado de los hombres en la mar y su generosidad cuando las mareas no dejaban peces en las redes.

Gabriel y Gabriela nacieron abocados a la misma batalla de sus padres contra el destino, las lluvias que alimentan el sorgo en el centeno, las mareas bravas...

Sus padres eran pescadores de bajura casi todo el tiempo. Algunos meses al año, embarcaban en pequeños pesqueros llegados desde Vigo y repetían las viejas travesías de sus antepasados hasta el Gran Sol. Allí había pagado con su vida el tributo debido al mar el abuelo de Gabriela. Cuando regresaban, haciendo sonar la caldera de sus barcos, cargaban bacalao en salazón e historias de monstruos con tentáculos interminables; el fuego del hogar no lograba nunca secar la humedad de sus huesos.

Las mujeres sembraban patatas, maíz o centeno, arrancando piedras del barro, convirtiendo sus manos en azadas y hoces; ejercían como parteras de cerdos y terneros, amasadoras de pan moreno, lavanderas en agua y escarcha. Durante las noches, repasaban calcetines e historias verdaderas.

Por ahora, ellos eran solo niños, hijos del mar, del bosque y de los ojos melancólicos de las vacas; niños jugando a descubrir secretos, formulando las eternas preguntas del hombre cuando se descubre mortal y pequeño frente al Universo.

Y siempre andaban juntos.

Juntos aprendieron a cazar grillos. Gabriela llevaba más en su jaulita de madera porque silbaba de tal manera que los hechizaba y caminaban sobre la pajita al encuentro de su canto, olvidando la seguridad de sus guaridas.

Juntos esperaban ver regresar las lanchas donde sus padres, Serafín y Servando, rogaban a la diosa del mar que fuera generosa para poder alimentar a sus familias. Aprendieron pronto a leer en la espuma de las olas los avisos de tormenta y el encono de las sirenas; rezaban, sin palabras, en la playa de guijarros grises los días de nordeste.

Juntos contaban los meses del Gran Sol e imaginaban el caladero como un inmenso hueco donde el astro se escondía los meses de invierno, y que por eso, bajo las aguas calientes, las redes de los pescadores encontraban tanto alimento.

También sabían de los monstruos guardianes del tesoro.

—¿Cómo son? —preguntaba Gabriela.

—Como las sardinas, pero gigantes —respondía Gabriel, tratando él mismo de dibujarlos en sueños.

Juntos descubrieron el sabor de la fruta robada entre los frutales de don Mariano, el más rico del pueblo. Aunque había nacido pobre como todos, siendo apenas mozo emigró a las Américas y regresó veinte años más tarde, rico y enfermo de amargura. Porque todo en esta vida ha de cobrar peaje, el pan moreno, las monedas de plata atesoradas por el indiano... y hasta el propio derecho a respirar.

Juntos también curaban, con saliva y ternura, los arañazos de espinos y ramas que herían sus brazos y sus piernas. La saliva de uno sobre la piel del otro, inventando los primeros besos en aquellos remedios.

Gabriel siempre comprendió que la sangre de su amiga resultaba demasiado dulce para ser mortal.

Juntos caminaban a la escuela de doña Paulita, aquella señorita tan frágil como las alas de una mariposa, que andaba por el pueblo como si presintiera amenazas en las esquinas, como si las maldiciones la escoltaran desde algún tiempo perdido en su memoria. La joven maestra adoraba a los niños y se transformaba ante ellos en única reina de las abejas habitando un panal de palabras. Hablaba de cosas extrañas para ellos; cosas como la libertad, la justicia... Cosas que don Román, el cura, oteaba de través mientras recitaba invocaciones contra las modernas y descaradas señoritas ilustradas.

—Las mujeres en la cocina y en el rosario —sentenciaba entre toses irritadas.

Y los niños no comprendían bien al cura de sotana brillante por el uso y los planchados, porque las mujeres, sus madres, trabajaban los surcos de las patatas, ordeñaban las vacas, limpiaban las cuadras, recogían el maíz, lavaban en el río pese a la escarcha y el frío...

—Debe de ser el rosario de los pobres —decía Gabriela, huyendo siempre de la sombra negra del párroco.

—Huele a cementerio —aseguraba Gabriel.

Porque el pueblo olía a tierra bañada de lluvia, a sal marina, a bosta de vaca. A veces, cuando había velatorio, inundaba el aire un regusto de anís. Con rosquillas anisadas despedían a sus muertos. Y eran fragancias para llenar los pulmones sin miedo; perfumes como el del pecho de sus madres, la leche tibia o el aliento húmedo de las vacas, para acurrucarse y dormir. Pero don Román exhalaba un tufo a cementerio viejo en cada revoloteo de su sotana y hasta sus dedos amarillentos tenían más de garfios que de manos.

Juntos aprendieron a nadar en el río, porque al mar le guardaban mucho respeto, y se limitaban a buscar llámparas entre las rocas, que, bien cocidas, servían a sus madres para hacer tortillas en los malos tiempos de tormentas sin pesca, en los días de hambruna por la peste de la patata o cuando el granizo sobre los maizales quebraba sus tallos. En la playa, recogían conchas para escuchar los lamentos del mar, de los náufragos que no pudieron regresar... Siempre intentaban escuchar las voces de sus padres a través de aquellas mensajeras pulidas por las olas.

Juntos andaban siempre como sombra y corazón.

Tan solo vivían por separado dos pasiones.

Gabriel soñaba con balones y goles imaginarios, rompiendo el esparto de sus alpargatas contra un montón de trapos bien apretados y todo lo redondo que permitían las cuerdas que los ataban.

Algún domingo, si su madre no rezongaba en exceso, se levantaba al alba y acompañaba a su padre y a otros pescadores hasta Oya, a tres horas de caminata del pueblo. Allí, los hombres iban hasta la Taberna del Cojo para reunirse en la vivienda del tabernero, apenas a una puerta de distancia, y hablaban de futuros, de elecciones, de justicia... Iban a escondidas del cura, esquinando un miedo ancestral, una prohibición casi divina —aunque Dios jamás bajó a los maizales ni faenó en las lanchas—, pretextando cualquier faena en el monte, intuyendo, por más que algunos asegurasen el cambio de los tiempos, que a los pobres jamás se les autoriza a pensar en dejar el yugo abandonado en el barro.

Tregua de sueños. Aún no cabalgaban espadas olfateando sangre y traidores.

Gabriel permanecía feliz en aquella taberna, con las paredes cubiertas con retratos en sepia de jugadores de fútbol remotos, cruzados los brazos sobre el pecho y una pierna sobre el balón de cuero. Dioses más creíbles que las remotas imágenes de mirada extasiada de la iglesia; héroes más imponentes que los dibujados en la enciclopedia escolar.

Saúl, el hijo del Cojo, era dueño de un auténtico balón de cuero, y aquellos domingos todos experimentaban la sensación de ser otros: las fotos revividas de aquellos jugadores dormidos en las paredes.

El regreso, rodeado por el silencio espeso de los pescadores, lo realizaba entre patadas a las piedras del camino y voces de gloria tronando en su cabeza.

Gabriela, que silbaba como los pájaros y entonaba canciones con voz de ángel, había descubierto el piano de doña Remigia, una extravagante anciana de cuya vida lo ignoraba todo excepto su blasón de piedra. En el pueblo nadie explicaba su rareza de permanecer enterrada en aquel escondite de pobres pescadores y pastores de vacas con mirada sabia. Claro que los ricos pueden concederse el lujo de ser extravagantes, e incluso ateos, como aquella mujer. Quienes conocían su historia callaban para no despertar a los fantasmas.

Doña Remigia tan solo permitía la intromisión casi diaria en su casona de aquella niña, menuda y de ojos verdes como las mareas donde brillaban escamas de peces dorados, y tan deseosa de dominar los dientes del viejísimo piano que hasta se frotaba con piedras sus manos para verlas relucientes y blancas como nieve.

—Las manos, niña, siempre de reina —tronaba la voz de aquella mujer, ante la cual todos los aldeanos se quitaban la boina—. De reina —y golpeaba su bastón de plata contra las baldosas.

Le recordaba doña Remigia en cada sesión que debía cuidar sus manos, y la niña se esmeraba por mantenerlas casi transparentes, a pesar de sus trabajos en el campo ayudando a plantar patatas, a recoger maíz y a esfollarlo; a pesar de la cuerda del pozo y las ubres de las vacas...

La solitaria anciana, encerrada en su cárcel con blasón, miraba a la niña oteando en ella la reencarnación de su pasado, para transformar el destino y redimir su presente.

—Yo te daré un futuro, el que me robaron —murmuraba cuando la despedía tras los cristales del salón y contemplaba su carrera feliz por el sendero de tierra.

Gabriela respetaba los sueños de Gabriel mientras le escuchaba contar el relato de aquellas tardes en la Taberna del Cojo, con los hombres afeitados, luciendo su única camisa blanca, su mejor pantalón de mahón, fumando tabaco de picadura y sin borrar de su piel el aroma de las algas ni los callos del azadón; el relato de sus padres y las repetidas jugadas con Saúl, como si aquellas aventuras suplantaran las gloriosas gestas entre caballeros y dragones.

También era la mejor espectadora de sus partidos casi solitarios contra el trapo del balón y la yerba del campo donde pacían las vacas vigilantes. La sonrisa de Gabriela se convertía en la gloria de Gabriel.

Las vacas cuidaban de los niños contemplándolos con sus grandes ojos melancólicos. Las vacas conocían de los muchos secretos y suspiros que paseaban por Cova das Fontes por haberlos rumiado de sus antepasadas y haberlos transmitido a sus terneras. Las vacas actuaban como ojos vigilantes de Cova das Fontes y diosas tutelares de los niños.

Gabriel jamás osó burlarse de aquella locura por ser pianista anidando en el corazón de su amiga como un pajarillo desvalido y maravilloso.

Don Román, el cura, vigilaba a las gentes del pueblo y les hablaba del infierno, porque temía que los sueños terminaran por enloquecerlos y creía preferible vivir como vacas con alma, o sea, con resignación ante la realidad y la promesa calmante de una recompensa divina como esperanza.

Él mismo vivía temiendo la propia demencia que acechaba sus venas.

—Habrás de heredarla, *meu fillo* —y aún le dolía la voz de su madre cuando lo escondía en la cuadra de los cerdos para protegerlo de los ataques del abuelo.

Buscó protección en la Iglesia. El demonio de la locura no se atrevería con un ministro de Dios. También encontró refugio de la sangre de Eulalia, la niña que se clavó la hoz entre sus piernas para librarse del hijo engendrado, cuando Román aún sentía el hervor entre las ingles. Sin embargo, algunas veces le subía la bilis a las mejillas y retomaba el viejo pavor a la insania que navegaba por sus venas. Tampoco olvidaba la mirada transparente de Eulalia, muerta, mientras otra vida se derramaba entre un río de sangre por sus muslos.

—Tanto sueño solo podía terminar en aberración —murmuraba la madre cuando cerraba con llave el cuarto donde lloraba eterna melancolía su abuelo, los días en que golpeaba las paredes jurando contra las falaces promesas.

Nunca supo Román si su madre odiaba el frenesí violento de aquel hombre y sus gemidos de ternero huérfano o si su odio se remontaba hasta los tiempos de la cordura.

Los vecinos murmuraban que el hombre se volvió mochales buscando el tesoro de los moros. A eso había dedicado el abuelo su vida y energías, a batir sus pocas tierras cavando fosas hasta convertirlas en inmensas toperas inservibles. Y todo por perseguir una quimera capaz de redimir sus inclemencias campesinas.

—Hombres —rezongaba la madre, los pocos días que permanecía el abuelo aquietado, convertido en triste estatua al calor del fogón.

Y Román intentaba encontrar en aquellos ojos muertos, de pez ahogado, el mapa secreto de la salvación.

Padre no había tenido, por eso cargó con el apellido de Expósito. Le negaron los apellidos maternos para repetir en él aquel pecado de su madre, el jamás confesado de su abuelo. Ella, la madre culpable, parecía detestar a todos, especialmente al niño.

—Me lo llevo al seminario —decidió.

Sin solicitar permiso, lo entregó, con una muda y un mendrugo de pan atados en un pañolón azul y gris, a uno de aquellos salesianos que vagaban por los pueblos para redimir infantes y aumentar sus filas de sagrados guerreros.

Para entonces el abuelo ya había ocupado su personal topera en el cementerio y la madre pareció aliviada por soltar las amarras de aquella casa. Apenas entregado el hijo indeseado, enterrado el padre sin responsos, ni misas, ni lutos, salió, con la frente alta y soportando los insultos sin voz que le regalaban desde las ventanas, por el sendero que despedía al pueblo. No pudieron volver a verse porque la mujer jamás dio señales de permanecer en este mundo.

Ahora, vigilaba los insensatos sueños de su parroquia para evitar tener que rezar y echar agua bendita sobre nuevos orates.

—¡Una campesina tocando el piano! —resoplaba, al atisbar la felicidad de Gabriela frotándose las manos con piedras ásperas para blanquearlas.

—Mal habrá de terminar —su cigarrillo soltaba entonces un sabor ácido, como de muerte vieja, como de pañolón azul y gris.

Los deseos, inconscientes y voraces, pensados como maldiciones sobre su impotencia, terminan siempre por llegar a oídos de la fatalidad. Para cumplirse.

LOS SUEÑOS

Serafín, pescador como su padre, como su abuelo, como su bisabuelo y su tatarabuelo, tiraba de las redes contando los peces y sumando números para comprar, algún día, un piano a Gabriela. Tan grande y deslumbrante como el de doña Remigia. Algún domingo, escuchando al Cojo, imaginaba que esa revolución, capaz de extenderse como una mancha de aceite, arribaba hasta la playa de guijarros grises arrastrando un hermoso piano.

Porque la revolución habría de ser así: enorme y generosa, capaz de llegar a donde no había alcanzado ni la misericordia.

—Los pobres no deben andar en quimeras —rezongaba Adela, su madre, antojándosele mortal, como al cura, tanta visión—. Cosas del diablo.

—No es una quimera, madre, es una medicina —un brillo extraño en la mirada del hijo encogía el corazón de Adela, que a los hombres les ilumina la mirada una rapaza o guardan en el corazón la codicia por emigrar—. La única que nos dejan. Y si es el diablo quien la envía, pues quién sabe si no será mejor.

—Quita, quita —y Adela se hacía cruces sobre el pecho y sobre la cabeza del hijo.

Las mujeres convivían con el temor de no poder enterrar a sus hijos en tierra firme; que se los tragase el mar o alguna ilusión.

A veces, cuando las cosas iban muy mal y no bastaba como consuelo soñar futuros, Serafín miraba el horizonte infinito del mar, preguntándose si tendría, también él, que buscar fortuna al otro lado del océano.

—Por la niña —murmuraba el hombre, y sonreía cuando la oteaba entre las piedras de la playa esperando su llegada.

La intuía, mucho antes de atracar, como una diminuta mancha brillante sobre los guijarros grises; cuando alcanzaba a distinguir su sonrisa sabía que había llegado a casa.

El hogar de los hombres anida en la sonrisa de las niñas y en el regazo de las hembras.

Los barcos que zarpaban desde Vigo con rumbo a puertos de nombres con sabor a frutas del Paraíso llevaban las bodegas preñadas de ilusionados afanes en maletas de cartón y acordeones melancólicos.

Vigo está tan lonxe
que se desourentaron as cartas mariñas.

Todos los marineros esconden un batir de olas melancólicas en su mirada.

Su madre, viuda y madre de marino, temía los caprichos de ese océano capaz de tragarse hombres y memorias como un dragón permanentemente hambriento.

—No vuelven, *meu fillo* —afirmaba sin alzar la voz, para no dar señales a los cuervos.

—Mire usted a don Mariano, madre, volvió rico.

—Y solo. Y loco, que perdió su alma o la regaló al *demo* —hizo la señal de la cruz sobre su pobre vestido negro—, para lograr tanta riqueza. La plata es luna metálica en manos de los pobres.

—¿Quién le devolvería al diablo un regalo semejante, madre?

—No te burles de lo sagrado, *meu fillo* —y sus manos golpeaban la masa del pan contra la mesa—. De nada habrán de servirle tantas monedas, que no podrá comprar nada cuando baje a florecer la tierra.

Alguna madrugada, escuchaban los gritos de don Mariano, espantado en pesadillas jamás compartidas y que dejaban el ceño de su frente aún más marcado, su boca más amarga y su alma más perdida. Las mujeres se santiguaban cuando lo escuchaban. Los hombres fingían un sueño profundo para no delatar el terror que les producían aquellos gritos de bestia acorralada.

El cura sudaba en su catre solitario y apretaba un cilicio contra sus carnes para evitar sus propios gritos enajenados.

—Es por la niña, madre. Quiero otra vida para Gabriela.

Y Adela, la madre, se miraba las manos cuarteadas por el trabajo, el frío y la miseria, intentando borrar de los ojos del hijo aquella locura.

—¿De dónde le vendrá la música?

—Del abuelo Gabriel, mi padre.

Adela sonríe y recuerda. Allá, en los tiempos mozos, cuando Gabriel vestía ojos chispeantes y tocaba el acordeón en los pajares, para celebrar fiestas, bodas o bautizos, y a todos se les iban los pies tras las notas de su acordeón. Aquel zagal llevaba la música en la boca y en los brazos, aquellos que la ceñían levantándole los pies del barro.

—El destino dirá, *meu fillo*.

—Al destino, a veces, hay que empujarlo, madre.

Adela movía la cabeza, del mismo modo que la rebullen las vacas cuando olfatean el infortunio. Conocía las reuniones en Oya y temía que algún día llegaran a su puerta los hombres de uniforme verde para prender a los pescadores que no se resignaban, que no bajaban la testuz como bueyes sometidos.

De las cárceles de la ley ninguno regresaba, y la ley andaba en manos de los señoritos como vara de avellano para castigar su pereza ante las órdenes.

La mujer pondría velas en la iglesia; incluso pensaba en peregrinar a la capilla de Villaoril, donde una virgen milagrosa que sostenía el cuerpo de su hijo crucificado convertía en ciertos los deseos de las mujeres. La cercana ermita de los romeros servía para penas de amor. Pero cuando ellas necesitaban favores especiales, caminaban una jornada entera, desde antes del amanecer, hasta la Virgen de Villaoril.

—Solo las mujeres entienden —murmuraba la anciana.

Serafín no abandonaba sus pensamientos. Más allá del horizonte, en ciudades con sabor a frutas desconocidas, le aguardaban la muerte o el dinero para otra vida.

Nunca llegó a contarle a Gabriela aquellos pensamientos.

Servando era hijo y nieto de pescadores. Huérfano desde muy niño, había cargado sobre sus hombros el peso de la casa. Su bisabuelo había intentado aventurarse al otro lado del océano, pero no logró regresar jamás. Las mujeres lo consideraban enterrado en la interminable tumba del océano. Vida de pobres, condena heredada; por eso apenas osaba evocar sueños capaces de liberar a Gabriel de su destino en la mar.

Él sí creía en aquella gran ola de la que se peroraba y murmuraba en Oya como de algo inevitable.

Una marejada gigante, capaz de borrar para siempre las estrecheces, el pan insuficiente y los pies fríos, para dejar los rostros limpios, con la pureza perdida en el Paraíso. Hablaba poco, pero, manteniendo la quimera de aquel embate purificador, retrasaba el tiempo en que Gabriel habría de iniciarse en los secretos de la pesca, permitiéndole ir a la escuela e imaginar glorias con el balón de trapos apretados.

—Vendrá —se repetía cada noche, cuando Teresa apagaba las luces y rezaba por la salud de todos—. Si hay un Dios, soplará bien fuerte para levantar la tormenta.

Teresa prefería contar sus cuitas a la madre de ese Dios, dejaba al marido los asuntos del futuro mientras ella amasaba el pan del presente.

Servando había aprendido a mal leer tratando de interpretar los periódicos que llegaban por mar hasta Oya. Deletreaba con torpeza aquellos signos que desteñían las yemas de sus dedos al repasarlos con devoción casi mística. La divinidad a quien rezaba Servando ocultaba el rostro tras aquellas letras. En casa, durante las noches de invierno, su hijo recitaba las lecciones en voz alta sabiéndose escuchado por su padre.

—¿Y qué busca ese rey en África? —preguntó el día que doña Paulita les pidió un ejercicio sobre la guerra en aquel remoto lugar.

—No sé, padre. La señorita dice que no es justa y por eso protestan los obreros, para que sus hijos no mueran.

Servando afirmaba con la cabeza; también la señorita esperaba la llegada de aquella ola purificadora.

Teresa se apretaba el vientre y se santiguaba deseando esconder al hijo de aquella llamada. ¿Bastarían los montes o habría de tomar el camino de un océano inmenso?

—Tiene razón la maestra —sentenciaba el hombre—. Y los obreros —lo dijo sin mirar a su espalda, por si alguien escuchaba sus palabras.

Y Gabriel callaba para no delatar ante su madre las reuniones de algunos domingos en Oya.

Juana y Teresa, hijas y nietas de mujeres tan pobres como ellas, habían abandonado incluso el deseo de conjeturar vidas diferentes, y tan solo rezaban entre los muros húmedos de la pequeña iglesia para que sus hombres no se perdieran en el vientre marino y sus hijos no enfermaran: galenos y medicinas no estaban a su alcance, como mucho, las hierbas y los conjuros de la vieja Antona, que habitaba en el molino abandonado y jamás había entrado en los dominios del cura. Ella procuraba remedios para los cerdos, para los partos de las vacas, para los amores truncados y las melancolías. Entre sus enaguas guardaba bolsas de cuero capaces de deshacer criaturas indeseadas o ayudar a las mujeres en los partos difíciles.

—Si el remedio está en la naturaleza, será por algo, que hasta las vacas saben qué hierbas han de ayudarlas —afirmaba contundente, cuando el párroco la cruzaba en el parto de alguna.

Decían que había sido tan hermosa que todos los hombres la deseaban, pero ella nunca aceptó marido.

Las mujeres habitaban un territorio que lindaba con lo prohibido, por eso se arrodillaban cada domingo ante el Dios de don Román, para esconder las visitas a Antona y soslayar el castigo de los infiernos. Pero incluso del fervor por la Virgen de Villaoril recelaba el cura. «Mujeres al fin», dictaminaban sus entrañas, recordando la despedida de su propia madre sin un abrazo, sin una lágrima.

A ellas les asignaban la tarea del pan cotidiano, del fuego en la cocina, los partos y la salud. Las sabían fuertes como torres inquebrantables: si ellas cedían, todo se desmoronaba. Ellas amasaban las hogazas de ese pan negro y escaso con sus lágrimas, dejando para sus hombres los fantasmas de un porvenir tan improbable como justo. Los sueños quedaban para ellos, que podían abandonarlo todo y no regresar. Ellas permanecían atadas a la misma tierra, a los hijos, a la memoria colectiva.

Por eso se miraban, miraban a sus hijos y dibujaban otros niños en camino, aquellos que serían sus nietos y perpetuarían su memoria, convencidas del deber impuesto por la naturaleza para devolver todo cuanto les había sido regalado, de pagar con vida la vida recibida.

—Un día de estos tendremos que sentarnos a bordar sábanas, Juana.

—Aún son muy nenos —respondía esta, conociendo la dura tarea que esperaba a su niña cuando fuera mujer y tratando de retrasarla.

Los niños, pensaban las madres, no tienen tiempo para jurarse amor eterno.

Pero se equivocaban, y ellos, sin más palabras que sus miradas, mucho tiempo atrás, antes de saber pronunciar sus nombres, se habían prometido la misma fidelidad que juran las gaviotas a sus parejas. Atados desde la cuna por el mismo nombre, sus manos y sus ojos se reconocieron aun antes de saborear el uno el nombre del otro.

Algún día habrían de bailar juntos en la noche de San Juan.

EL BUHONERO

Desde hacía quince años, cada doce meses bien contados y siempre en la misma fecha, el 21 de junio, llegaba hasta Cova das Fontes un viejo y misterioso buhonero. Arrastraba, tras su mula, un aprendiz distinto cada vez, que los rapaces se cansan pronto de una vida tan errante. Cargado con años e historias, anunciaba su llegada la algarabía de los niños, persiguiendo jumento y buhonero desde las aldeas vecinas, marcando con sus voces el monótono paso de la mula, tras la sombra del gran sombrero, como si la música de su ocarina les atase la voluntad.

No les asustaba la cicatriz que partía su rostro de la frente a la garganta, cortando sus labios en una permanente mueca; ni tampoco aquel brazo reseco, pegado al cuerpo como un muñeco sin vida. Con su mano izquierda, el buhonero conducía las bridas de la mula, tocaba la ocarina y señalaba en el panel de dibujos, también realizados por él, las escenas de las historias que narraba con voz cantarina, aunque quebrada, por la herida que a punto estuvo de cercenarle las cuerdas vocales y aun la vida misma.

Si las golondrinas anunciaban la primavera, el buhonero marcaba el verano.

Contaba los años por los caminos recorridos desde un remoto día en que amaneció con el rostro cosido, seco el brazo y el cuerpo sin apenas alma. De los tiempos anteriores tan solo conservaba la imagen de un rostro de mujer.

Llegaba precedido de su música y visitaba la casa de doña Remigia, quitándose el gran sombrero de fieltro y ofreciendo humildes amapolas. Ambos, buhonero y aprendiz, eran recibidos por la dama, alimentados y cobijados en una de las habitaciones sin que nadie, salvo los más viejos, encontraran causa para tan extravagante hospitalidad.

Quienes conocían la historia callaban, porque hay sucesos que no deben removerse y resulta preferible dejarlos dormir en el olvido, entre los arcones de las sábanas que cobijaron noches felices. Adela sonreía cuando se producían esos encuentros.

—Sigue llevándole amapolas —murmuraba, arrastrando sus pasos y las remembranzas de aquel tiempo.

Cincuenta años atrás, cuando doña Adela aún era Adelita, doña Remigia, la niña Reme, y el buhonero, un real mozo que soñaba ser poeta, se habían amado hasta más allá de las amenazas. Como todos los amantes jóvenes, creyeron su amor capaz de romper barreras de clase y amenazas paternas.

—Te arrepentirás, Remigia —el nombre guardaba tintes de sangre cuando lo pronunciaba su padre—. La hija de un marqués no puede arrastrarse por el lodo.

—No quiero su título.

Marqués de Mohenda, tal era el rubro familiar del padre, que no tenía hijo varón a quien traspasar título y blasón y buscaba un marido digno para su hija, para poder transmitir el marquesado al deseado nieto varón.

—Nació bonita como corresponde a su sexo y testaruda como correspondería a un varón.

La niña, dieciséis años floridos, levantaba la frente ante las amenazas del padre, aquel hombre aún pinturero para quien fue su perla de oriente, la flor de su jardín, su mimo consentido, hasta la mañana en que apareciera aquel gañán para conturbar, con sus palabras y su ocarina, la inocencia de su espíritu. Para preservar a la niña, había olvidado el marqués concertar nuevo matrimonio y, ahora, la niña reclamaba su propio tiempo para el amor. Todas las tardes se sentaba al piano Reme, ruborizada y feliz, y tocaba sonriendo piezas de

Mendelsohn y estudios de Chopin que atravesaban el bosque hasta acariciar las mejillas del amado.

Los lobos del monte levantaban las orejas cuando la ocarina respondía, desde los pinos, para besar las manos de la pianista.

—Te prohibiré el piano —amenazaba el marqués.

—Tendrá que cortarme las manos —y se las oficiaba blancas y hermosas.

Entre las teclas del piano encontraba consuelo durante las horas de soledad, y ponía tanto amor que se le iba el corazón en cada nota, volando en busca de los labios amados, transformada toda ella en un nido de mariposas capaces de volar desde su corazón siguiendo la música de sus manos. Tanto poder tiene el amor, capaz de convertir en aleteo la música; capaz de amamantar víboras en el pecho del marqués.

—Marcharemos lejos, amapola roja, a tierras donde nadie prohíba nuestros abrazos.

Prepararon la fuga con mimo, pero la misma noche en que el mozo había de recoger el salto de Remigia desde la ventana, hombres embozados y pagados por el marqués apalearon su cuerpo hasta darlo por muerto, mientras ríos de sangre manaban de su cara y de su cuello. De su propia mano, cruzó el marqués la cara del rival, tratando de tronzar la sonrisa que había besado los labios de su hija.

No fue un padre quien le rompió la cara; fue un hombre celoso de su hembra.

—Ven a ver a qué te ha conducido tu capricho —dijo el de Mohenda, entrando en el cuarto de la hija cuando ella lloraba creyéndose abandonada.

La niña miró la sangre en su camisa blanca, luego los ojos desorbitados, y un rayo invisible la quebró.

Arrastró sus pasos hasta el camino del cementerio y le mostró lo que ella creyó el cadáver de su amante. No le permitieron abrazarlo, así que no pudo escuchar el murmullo de amor que aún florecía en los labios partidos del mozo.

Un grito que tronzó el alba en dos, como dicen que se rasgó el velo del Templo cuando Cristo conjuró al Padre Eterno en el estertor de su agonía, aterró a Cova das Fontes.

Remigia cayó en un desmayo de delirio y fiebre donde habitó durante meses, para despertar pálida y loca.

No murió el rapaz, porque lo acogieron las lavanderas que iban a dejar al raso de la noche la ropa hervida. Le restañaron como pudieron los golpes, colocaron emplastos de Antona sobre la cara partida y lo llevaron, mal cosida la herida y delirando, hasta Oya, donde dejaron sus restos al cuidado de unos monjes mendicantes. En el pueblo lo dieron por muerto.

Remigia, cuando recobró el conocimiento, solo era capaz de percibir, en sueños o en cualquier lugar donde estuviera, ya fuera una pared, un espejo o las teclas del piano, el cuerpo ensangrentado del amado. Entonces, repetía gritos capaces de desgajar el alma de quien los escuchara.

—La niña ha perdido el sentido —murmuraban las mujeres al pasar ante los blasones de la casa.

—Su padre le asesinó el alma —añadían las más jóvenes, apiadadas ante su dolor.

Cuando los gritos se tornaron insoportables para el marqués, derrotado por un amor más fuerte que sus creencias, más soberano que su poder, más obcecado que su propia lujuria, cerró las puertas de su casa, subió a la hija, adormilada por la morfina, en el carruaje y desaparecieron.

Llegaron rumores de que la niña Reme había sido internada en un asilo para locos, muy lejos, allá en la capital del reino, mientras el padre pasaba las noches de lupanar en lupanar, buscando en otras carnes aquella que le fuera negada. Si alguna mujer tocaba el piano, el marqués apretaba los puños intentando revivir el viejo odio, diluido entre los regueros de la desgracia.

Aseguraban algunos que gastó buenas monedas de plata buscando al mozo sin encontrar rastro.

Cuando los excesos terminaron con la vida del marqués, al no haber nadie que reclamara la tutela de Remigia, le abrieron las puertas del manicomio y la dejaron, sola, perdida y agotada por treinta años de locura. Treinta años amasados entre gritos de otros, pesadillas propias, golpes, correas y ratas olisqueando los rincones. Si no murió fue porque alguien, tal vez solo en su mente, tocaba una ocarina, y ella recuperaba los brazos del poeta perdido, entre nubes ensangrentadas.

Regresó a la odiada casa, tal vez esperando reencontrar en sus paredes el rostro del amante muerto, tal vez para repetir las melodías tecleadas años atrás y ver si le devolvían su fantasma.

Durante diez años, nada ni nadie respondió a la llamada de Remigia.

Pero un 21 de junio, quince años atrás, el sonido de una ocarina despertó las amapolas de los campos y la piel de doña Remigia, la niña Reme. Un buhonero de rostro deforme y con el brazo derecho tullido llamó a su puerta, desprendiéndose del sombrero y ofreciendo un ramo de amapolas a la marquesa.

Al día siguiente, la marquesa de Mohenda, aunque jamás utilizó aquel título por recordarle la perfidia de su padre, el cuerpo ensangrentado de su amor perdido y los treinta años de encierro, visitó al cura del pueblo para que concediera un permiso especial para la actuación del buhonero.

—Eso no es cristiano.

—Callar ante las tropelías de los poderosos tampoco. Y eso por no recordar la causa que casi le prohibe la tonsura.

El recuerdo de Carmen desangrada regresó a las venas del cura.

—Yo no...

—Usted pagó a mi padre los favores debidos con las monedas de su silencio.

—No puede acusar a nadie...

—Ya no me importa, cura, solo quiero ese permiso.

Desde entonces, cada doce meses bien contados, regresaba el buhonero en su vieja mula para relatar historias en el patio de la iglesia y cobijarse en una de las habitaciones de la casa blasonada.

Nadie fue testigo de esas noches, tampoco hubo maledicencia; aquellos dos estaban perdonados con el purgatorio vivido.

Don Román no prohibía las historias del buhonero en sus sermones; la sombra de doña Remigia lo cobijaba. El pueblo disfrutaba con la autorización mientras escuchaba, arrobado, las historias y sucedidos con los que llegaba cargado el buhonero.

Gabriel y Gabriela, con seis años cumplidos, asistían, conscientes de las palabras por primera vez, a la fiesta de las historias. También doña Paulita cerró la escuela y ella misma se presentó a la cita con su pañuelo rojo anudado al cuello, que también se aprende escuchando las voces del pueblo.

ROSITA ENCARNADA

La tarde siguiente a su llegada, todo el pueblo se reunía, sin necesidad de aviso, en la plaza porticada de la iglesia. Las mujeres arrastraban sillas de enea, los hombres se apoyaban en las columnas y los niños elegían el mejor sitio sobre las vetustas losas de pizarra.

El aprendiz del buhonero, con la seriedad que adoptan los niños cuando se les conceden tareas de importancia, preparó la vara de avellano sostenida por las frágiles piernas de un trípode y colgó uno de los rollos primorosamente dibujados por el buhonero.

Contaba las historias ayudado por otra vara pequeña, a modo de batuta, que señalaba las imágenes como si de un ciego se tratara. Los ojos del buhonero, verdosos como la superficie del mar tras la tormenta, miraban a los niños, a las mozas y a los hombres descifrando en ellos las historias mudas que jamás compartirían ni pondrían en palabras.

Aún se adivinaba un bello rostro tras la cicatriz, como si ninguna máscara pudiera cubrir el semblante amado por la niña Reme.

Esta es la historia de Rosita, la niña encarnada que vaga por los montes, loca y perdida, protegida por un lobo...

Hubo un suspiro entre los niños. Doña Remigia no estaba en la plaza, pero todos sabían que escuchaba la historia sentada en el salón, con la ventana abierta y oculta a las miradas para no delatar la emoción de atender aquella voz de poeta que no pudo ser. La misma voz que susurraba sobre su cuello de garza joven hasta penetrarle las venas.

—Siempre ha de haber locura —murmuraba Adela, que llevaba toda la vida vigilando su casa para evitar que entrase en ella la folía por un descuido.

Había algo en el retrato de aquella Rosita que recordaba a doña Remigia. En realidad, todas las heroínas de sus sucedidos guardaban una curiosa semejanza con la niña Reme. Dicen que poetas y artistas andan toda su vida y su obra recreando un solo rostro, por más que le cambien los colores o los adjetivos.

El amor repite la imagen amada en todo cuanto hace. Algunos animales mueren de tristeza cuando pierden al compañero; los humanos, aun cuando lo ignoren, llevan un nombre cosido al alma en su arribo a este mundo y viven, para siempre, buscando al dueño de ese trozo de sí mismos; quien lo encuentra lo reconoce igual que los ángeles reconocen a Dios. Los más desgraciados jamás llegan a columbrar ese trozo de alma prestado a otro.

Guardó un momento de silencio el buhonero, que no se quitaba el sombrero para no espantar a los asombrados oyentes con la deformidad de su rostro. Ahora, todos permanecían suspendidos de aquel silencio como si estuvieran atados a la cerradura de un cofre repleto de tesoros que se abriría cuando el hombre inundara la plaza con sus palabras. Las palabras lo devolvían bello, joven y atrevido, curaban el tiempo, los largos años de exilio y purgatorio, lo retornaban al tiempo de las amapolas y las tardes de piano.

> *En el pueblo de Freitas nació la moza, y ya siendo niña lucía hermosa como una santa. Creció descalza y feliz, sin imaginar los dolores reservados por el destino a su corazón.*

La niña del dibujo ofrecía un aspecto tan salvaje e inocente como el de un cervatillo. Todos los ojos miraban aquella ventana dibujada que ahora señalaba el buhonero para poner imágenes a su recitado.

Llegó a moza y ninguna en los contornos lucía un talle más fino, ni más lozanas las mejillas, ni sonrisa más luminosa, ni ojos más bellos que los suyos.

Ahora era una joven quien sonreía desde la siguiente ventana, que, ligeramente golpeada por la varita del narrador, vibraba con vida propia.

Una mañana, mientras lavaba en el río, llegó un mozo por sus espaldas y de inmediato se prendió su corazón de Rosita.

—No hay moza más linda en todos los pueblos del mundo.

—Y tú, ¿quién eres?

—Aquel que ha de ser tu marido, Rosita encarnada.

Todos los oyentes habían dibujado, sin percatarse, una sonrisa. Esa magia esconden las palabras, capaces de despertar, ellas solas, cualquier sentimiento.

Rió la moza tal atrevimiento y, para hacer cierto el piropo, pusiéronse sus mejillas tan rojas como amapolas.

La siguiente ventana que golpeó la vara mostraba un baile y a una hermosa pareja danzando como gaviotas en cortejo de amor.

Vivieron un noviazgo feliz. Nadie se oponía a las bodas. El destino les concedió tres meses para decirse dulzuras y creer que podían abarcar con sus brazos toda la felicidad del universo. La moza bordaba sábanas para su ajuar junto a su madre y sentía en el estómago un bullicio de pájaros.

El buhonero hizo una ligera pausa antes de señalar la siguiente imagen. Todos supieron que la historia comenzaba a mostrar las nubes negras de la tragedia. No se conoce romanza de amores donde no se purguen con lágrimas los días de felicidad.

Pero nada es eterno en este mundo, salvo la desgracia de los hombres, y un día llegaron cartas de la capital. Mostraban tanto lacre y tanto escudo que tembló el rapaz al llevarla hasta el cura del pueblo para que tradujera en palabras las letras que él no sabía leer.

Hasta los pájaros dejaron de piar y las ardillas de mover sus bigotes. El silencio convertía las palabras del hombre en un retumbe de tambores.

—Has de servir a la patria —le dijo el cura.

Para cuando el mozo comprendió que tal servicio requería partir a una guerra tan lejana y tan irreal, a punto estuvo de hundirse en un vértigo similar a la muerte.

—¿Por qué yo, si jamás he hecho daño a nadie, tengo que ir a matar gentes desconocidas?

Teresa apretó su vientre, recordando los temores de que aquel rey, quien jamás había visitado su aldea ni sabía nada de sus vidas, pudiera reclamar a Gabriel para otra guerra. O para la misma, que todas andan siempre repetidas.

Pero no había forma de escapar a la orden: o la guerra o la cárcel.

—Esperaré tu regreso bordando las sábanas que habrán de cubrir nuestra cama.

—Volveré. Y si me matan enviaré mi alma hasta tu ventana.

En la imagen, los dos jóvenes se abrazaban y hasta temblaban al tremolar el cartón por efecto de los golpes del buhonero. Alguna moza deslizó una lágrima por las penas de aquella Rosita y por las propias, que todas se asemejan como hermanas.

Pasaron los días, y los meses, y hasta tres años corrieron en la vida de Rosita encarnada, que ya no era tal porque la palidez cubría sus mejillas antes florecidas como amapolas.

Ahora era una moza, pálida como la Virgen Dolorosa, quien miraba el infinito desde un balcón donde no florecía ni una maceta.

Llegaron hasta Freitas noticias que hablaban de una tragedia en África. Allá, en un lugar llamado

Barranco del Lobo, habían muerto como moscas todos los soldados españoles, atrapados en una emboscada de la cual nadie logró escapar.

Lloró Rosita Encarnada durante días y noches. Tanto que a punto estuvo de morir, porque la tristeza es un veneno mortal para las mozas enamoradas.

Y como si ella misma bebiera la pócima, en el dibujo correspondiente, Rosita llevaba a sus labios una copa: el amargo cáliz de su dolor.

Aún fueron necesarios tres años más para probar a la moza que su prometido no regresaría jamás. Su madre la convenció de que una mora limpia la mancha de otra mora y que buenos serían hijos para borrar amores, e insistió cada día para que aceptase los requiebros de su primo Juan.

—No debe quedar mujer sin marido que le dé hijos.

En el cartón, una mujer cubierta con un pañolón negro murmuraba al oído de la joven y pálida Rosita.

Antes de pasar a la siguiente escena, el ayudante del buhonero, como si entendiera sin sonidos los deseos de su maestro, acercó al hombre una jarra de fresco vino blanco. A buen seguro, aquel vino llegaba de la casa de doña Remigia. Bebió el hombre con pausa. Después, señaló una escena de boda, donde la novia más parecía un cordero ofrecido en sacrificio que una feliz desposada.

Ya repicaban las campanas anunciando la boda de Rosita con su primo Juan, cuando, salido de la nada, del humo del olvido, apareció el mozo prometido. Las gentes quedaron paralizadas como estatuas ante el anuncio de un fantasma; todos abrieron paso al mozo que caminaba prendido de los ojos de la novia.

—Ya me olvidaste, Rosita. Regresé de una muerte cierta tan solo para cumplir mi promesa... Soporté hospitales, meses de agonía, la orden de otro destino, el embarco clandestino... Me olvidaste cuando te había jurado que volvería.

—¡Jamás! —gritó la novia, sintiendo nuevamente sus mejillas arreboladas como amapolas.

—¿Acaso vino mi alma a comunicarte mi muerte?

Y la moza intentaba soltar los brazos de la madre para correr a los brazos del amor.

—Me obligó mi madre, convenciéndome de que tú estabas muerto. Yo no quería, que prefería morir a olvidarte.

El público apenas respiraba. Todas las almas prendidas de la voz del buhonero, que ahora señalaba un dibujo en el que solo podía verse, con todo lujo, un puñal.

Asomó un puñal en la mano derecha del mozo y todos quedaron paralizados, suponiendo que pronto habría de pagar Rosita el incumplimiento de su promesa.

Las mozas llevaron las manos a sus gargantas como si aquel filo plateado apuntara a cada una de ellas.

Cuando Rosita vio el arma, se volvieron fuego las amapolas de sus mejillas, recuperó la fuerza y logró zafarse de los brazos maternos para correr a los brazos, al puñal, de su prometido.

—Habré de morir a tus manos. Muerta y junto a ti estaré más viva que hasta ahora —gritó la moza, despidiéndose del mundo y corriendo a los amados y mortales brazos.

Ahora, todas las mujeres ahogaron un grito, mientras sus pupilas se fijaban en la antepenúltima imagen, señalada ahora, donde los dos cuerpos rodaban abrazados y envueltos en una enorme mancha de sangre.

Todos dieron por muerta a Rosita. Pasaban los minutos y, como ninguno de los cuerpos se moviera, Juan se acercó a separarlos, más dolido por la carrera de la moza que por la probable muerte de su futura esposa.

La vara señaló ahora otra escena, inesperada, en la que la joven se levantaba y tendido entre el polvo quedaba el mozo. La sangre brotaba de su pecho, donde aún permanecía hincada el arma.

Él se dio muerte para no matar a la mujer que tanto amaba. Y cuando Rosita contempló el cuerpo sin vida de su amor, gritó y gritó hasta casi desgarrar el cielo.

Adela recordó el grito de Remigia cuando el padre le mostró aquel cuerpo tumbado en el cementerio.

Sin pararse a buscar los ojos de su madre, ni los del primo que la miraba sin aliento, salió Rosita corriendo, con el traje de boda manchado por la sangre de quien la había amado tanto que se quitó la vida para no ofender su futuro.

Ya solo quedaba una imagen. Mostraba a una mujer con el vestido roto, la melena alborotada, sonriente y descalza entre los nogales de un bosque frondoso. A su lado, un lobo caminaba mansamente.

No faltó a su promesa el mozo. Cuando Rosita huyó a los montes, el alma del rapaz pidió permiso para entrar en el cuerpo de un lobezno. El destino, apiadado por tanto sufrimiento, le permitió la tregua antes de presentarse al Padre Eterno. Pocos días después de la huida, Rosita despertó una alborada sintiendo un peso cálido en el regazo: el cuerpo de un lobezno abandonado. Desde entonces, por los montes que rodean el pueblo de Freitas, muchos aseguran haber visto a una moza hablando con un lobo que la acompaña con la mansedumbre de un cordero, mientras los ojos de la fiera vigilan para que nadie dañe a su amada.

Tras una breve pausa, el buhonero se quitó el inmenso sombrero, dejando al descubierto la cicatriz. Las mujeres se santiguaron, los hombres bajaron la vista y ninguno de los niños percibió la deformidad: ellos solo veían en él un rastro de hermosas palabras.

Sepan los más viejos que contener los ríos solo produce desbordamientos y tratar de poner bridas en los corazones jóvenes es tan gran pecado como blasfemar contra la obra de Dios.

Don Román, escuchando en la sacristía, supo que andaba su ánima condenada sin remisión. Huyendo de la locura del abuelo y de la sangre de Carmen, había penetrado en el infierno de la culpa.

El silencio que siguió podía cortarse con una guadaña. Todos permanecían suspendidos de las últimas palabras. Unos miraban los dibujos del cartón, otros un infinito donde tal vez pudiera otearse a Rosita y al lobo manso. El aprendiz, siguiendo la rutina y ajeno al hechizo de las romanzas, demasiado escuchadas en cada pueblo, tomó un cesto y lo fue pasando ante los oyentes.

—Den unas monedas por la historia, o manzanas, o huevos, o torta...

Y cada cual iba depositando una ofrenda, porque no debe dejarse sin recompensa una buena historia.

No regresó el buhonero a Cova das Fontes. Se vieron luces en la casa de doña Remigia hasta rayar el alba. Lo que se dijeron aquella noche jamás pudo contarlo ningún cuentista de los caminos, aunque tal vez no necesitaron palabras quienes habían encontrado el trozo de su alma prestado.

Bajo el cielo incendiado del amanecer partieron buhonero, mula y aprendiz. Viajaban hacia el Oeste, hacia el lugar adonde regresan los fantasmas de los marinos. Viajaban al destino final de los náufragos. El rapaz quedó bajo el cuidado de los mismos monjes mendicantes que una vez restañaron heridas mortales, otros hábitos para idéntica caridad; al buhonero poeta lo vieron alejarse hasta que la bruma que sube del mar por los acantilados lo cubrió por entero. La ocarina siguió sonando durante un buen rato, como si solo la música pudiera despedirlo.

Cuando aún resonaban los cascos de la mula en Cova das Fontes, pudo escucharse el piano en la casona de doña Remigia. Sonreía la despedida del hombre y alargaba sus caricias con cada nota; y las mujeres, insomnes aquella noche, si tenían marido en el lecho, se abrazaban a sus cuerpos para evitar las pérdidas.

Tras las ventanas, los niños vigilaban la partida del poeta esperando su regreso: once meses bien contados. Lo que no pudieron ver fueron las lágrimas del buhonero, ni la sonrisa, que no logró estropear la monstruosa cicatriz. Su rostro había alcanzado la pureza de los ángeles.

EL ANUNCIO

Los hombres, y bien lo sabían las gentes de aquel lugar, viven siempre temiendo la injusta mano del azar. Rezan e inclinan la cabeza, pero apenas sirve su mansedumbre ante esa sierpe ciega que todo lo abarca. Como si algún brujo hubiera salido de las ocultas fuentes del pueblo, la maldición recayó sobre los frágiles hombros de Gabriela.

Los más inocentes sirven como víctimas oficiadas en sacrificio. Las predilectas del infortunio.

Cova das Fontes debía el nombre a una cueva donde los más viejos afirmaban que nacían siete fuentes, madres de otros tantos ríos subterráneos. Aunque nunca nadie logró verlas, sí se escuchaba un rumor intenso de cristales acuosos si uno entraba en aquella boca oscura como noche de lobos, como madriguera de *meigas*.

—Brotan tan adentro que palpitan como niños no nacidos.

—Por eso cantan *as fontes*; quien no nace a este mundo no ha de conocer sufrimientos.

Eso decían las más viejas del lugar. Y los hombres siempre respetaban la sabiduría de las mujeres. Se murmuraba que en tiempos remotos, cuando eran otros los dioses del lugar y otras las leyes, la Cova fue un santuario adonde las mujeres bajaban a bañarse cuando deseaban engendrar una hija. Después, tal vez para evitar su profanación por los hisopos, habían colocado una gran losa de piedra hasta cubrir la visión de aquel nacimiento y proteger del saqueo sus aguas sacras. Aguas que jamás llegaban a contaminarse con la luz, dueñas de las tinieblas, hijas de mareas lunares.

Pero las fuentes no libraban a los hombres de la desgracia, tan solo la anunciaban, aunque no aprendieran a escuchar los hombres sus advertencias.

Enfermó Gabriela pocos días antes de su séptimo cumpleaños y Serafín maldijo al mar por no llevarlo primero, que no deben los padres enterrar a los hijos. Juana, con las rodillas desolladas, ofrecía velas en la capilla del Cristo Crucificado, acompañada con las bendiciones y los rezos de don Román; hasta las yemas de los dedos le dolían de tanto repasar las cuentas del rosario sin que aquel crucificado pagara la devoción de la mujer con salud para la niña. Ella y todas las mujeres del lugar habían olvidado los beneficios del agua oculta en la cueva, habían dejado de tumbarse sobre su murmullo para compartir con ella las peticiones.

—Mejor hacer algo que andar de rezos —casi tronó una mañana la voz de doña Remigia, mientras entraba por primera y última vez en la capilla, apoyada en su bastón de plata y mirando a Juana con desafío.

Don Román intentó protestar, pero la vieja y nobilísima señora levantó la mano y el cura cerró la boca como por encanto.

—Si pudiera —apenas murmuró Juana, con los ojos rojos como brasas de tantas lágrimas.

—Yo sí puedo —solo su dinero podía enfrentar el rostro del destino—. Gabriela viajará a Vigo para que la vean los mejores médicos.

El nombre de Vigo resonaba con el conjuro de otros milagros, aquellos fabricados por la mano del hombre.

Andaba por aquellos días enlutada la capital, aunque pocos supieran que agonizaba, tosiendo impotencia y sangre, un poeta y marino de estrellas, Manuel Antonio. Corría por los almanaques 1930.

Vigo está tan lonxe
que se desourentaron as cartas mariñas.

Si Juana no se tiró a los pies de la marquesa fue por el puro pasmo ante su ofrecimiento. También porque el cura las miraba y se rascaba la cabeza por debajo de la boina.

—Ya lo ves, madre —dijo Serafín, quieto en la cocina cuando la niña dormía—, solo los dineros curan.

—Y la voluntad de Dios —murmuró la mujer, temiendo por su nieta.

—¡Dios no ha bajado nunca a este pueblo, ni ha surcado la mar, ni sabe de la escasez de pan...!

El puño golpeó la mesa y temblaron las mujeres. Jamás habían visto aquella rabia violenta en el pescador que soñaba revoluciones como olas inmensas.

Juana, sin levantar la vista para ver cómo el marido abandonaba la casa buscando consuelo en el monte, apretada la boca, inmóvil, prometió a la Virgen de Villaoril que subiría de rodillas las escaleras que ascendían hasta su santuario. Por Gabriela.

Hilaria, la boticaria de cara roja como las manzanas y sonrisa a la sombra de un bozo negro, preparó, sin cobrar, sin que nadie se lo solicitara, un jarabe reparador para que Gabriela soportara la inclemencia del viaje. Sus manos recordaron, emocionadas, otro instante gemelo, cuando rebuscaban en el recuerdo las palabras del abuelo recitando los ingredientes...

Semilla de amapola, genciana, aceite de nuez, polvo de manzanilla romana, hojas de abrótano, granos molidos de salvia, confitura de miel...

Guarda el tiempo memoria de algunos instantes y se goza en duplicarlos, idénticos, para provocar repetidas emociones en los humanos. Pero los años matizan las heridas, e incluso los más dolientes regresan tamizados por el polvo del descuido para arañar con dulzura.

Quince años atrás, Hilaria preparó el mismo jarabe, temblando como temblaba hoy. Ella misma lo llevó a la casa de Serafín y Juana. Los ojos de Gabriela, enfebrecidos, arrastraron recuerdos dormidos, como la cuerda del pozo iza el cubo desde sus entrañas.

—Con esto soportará el viaje.

Se miraron las mujeres sabiéndose los secretos.

La boticaria se encerró en su casa, tapió puertas y contraventanas, se sirvió una copita de anís en las antiquísimas y breves copas talladas en Sevilla. Quiso saborear en el dulce el retorno al día en que abriera la puerta del corral, aterrada y cubierta con la gruesa toquilla, para intuir en un bulto sollozante el cuerpo moribundo de un desconocido. Era joven; tan bello como los galanes de las novelas leídas a escondidas.

El destino se lo ofreció para regalar a la moza, que jamás fue pedida en un baile de fiesta, las noches más sublimes y subsanar, de este modo, la injusticia de su fealdad. Las flores disponen de un segundo para ser libadas y los gusanos de un día de gloria para transformarse en mariposas.

Nunca le preguntó por las heridas de puñal; en realidad, procuró hablar apenas, no fuera que su voz rompiera el hechizo de su presencia. Él nunca le contó su historia.

Lo cobijó bajo su techo. Lo curó. Lo amó. El mozo pagó tanta ternura con risas y bailes. Durante el día, ella fingía la vida normal bajando el rostro para no mostrar a los vecinos la belleza de la felicidad; en las noches, con todos los postigos cerrados, a la luz de tres quinqués, el mozo susurraba sones y canciones, tomaba su cintura, cobijaba el rostro de la mujer contra su pecho y dejaban que los pies pusieran el resto.

—Tu corazón y tus ojos son bellos como alondras.

Noches de feliz insomnio que dejaban su mirada brillante, enmarcada por ojeras de enamorada.

Doce. Fueron doce las noches de baile y abrazos, de felicidad. El tiempo de su esplendor, abierta la mujer como las alas de una mariposa nocturna solo para el desconocido.

—Dime tu nombre —pidió ella el alba de su partida—. Dime tu nombre para pronunciarlo cada día, cuando despierte, y dar las gracias. Dime tu nombre para bautizar el resto de mis días.

Él puso los dedos sobre sus labios.

—Los hombres como yo ni siquiera tenemos nombre.

—¿Qué buscas?

—Mi destino.

A Hilaria se le arremolinaba el alma en la garganta. Entonces, el hermoso forastero tomó asiento, dejó el hatillo donde la mujer preparaba pan, queso y vino blanco para el camino, y prendió aquellas manos generosas entre las suyas. A ella le nacieron vanas esperanzas.

—Te voy a contar un antiquísimo sucedido.

Mariposas pardas revoloteaban en torno a luz vibrante de los quinqués.

Hace muchos siglos, cuando por estas tierras vivíamos en chozas de piedra con techo de paja, en Sevilla, hermoso reino allá en el sur, donde los cielos son tan claros que podrían cegar, el más esplendoroso, rico y sabio del mundo conocido, nacía un niño. Era el hijo del rey. La ciudad andaba perfumada por el olor de las azaleas y los narcisos; las gentes disfrutaban felices, músicos y poetas vestían el rumor de las plazas y mercados.

Nació el niño sano y hermoso. El rey, feliz, concedió semanas de fiesta; llegaron hasta el reino músicos, malabaristas, funambulistas, vates y narradores de todas partes del mundo. Con ellos, vino un mago famoso por la justeza de sus predicciones. Tan grande era su gloria que fue llamado a palacio para predecir las futuras proezas del príncipe.

—Será poeta. Vivirá para buscar el verso perfecto.

Al rey, su padre, le pareció hermoso que en el futuro rey anidara un corazón de poeta, eso lo convertiría en sabio y, por tanto, justo. Aquel niño daría por terminadas las guerras y las rencillas. Un reino alcanza su cumbre cuando no precisa guerreros para gobernarlo y nace un poeta en el trono.

Desde que apenas pudo tenerse en pie, vivió el niño convencido de su destino, rodeado de los mejores maestros y poetas que su padre pudo encontrar entre todos los reinos conocidos. Vivió una infancia plácida y feliz. Una adolescencia rica en fiestas y justas poéticas. La majestad de Sevilla traspasó todas las fronteras para convertirse en destino final de todo aquel que aspirase a la belleza, a la sabiduría, a la paz y al gozo con el arte.

Al pueblo le gustaba ver a su príncipe vestido con túnicas blancas paseando por las callejuelas de Sevilla, rodeado de otros muchachos y jugando a reproducir ingeniosos yinas.

Era hermoso el príncipe, con sus amplias túnicas blancas, sus ojos de miel y su sonrisa abrasadora.

Las muchachas lo admiraban embelesadas; las esclavas se perfumaban con ámbar para reclamar su atención, pero el príncipe solo tenía ojos para aquellas que versificaban con elegancia y gracia.

La vida consistía en la búsqueda de un verso capaz de resumir la inmensidad de todo cuanto altera los sentidos sin rozarlos. Un verso que apre-

sara lo inasible conteniéndolo entre sus palabras con el rumor de una fuente y la cadencia de unas caderas de muchacha.

Una noche, al rey se le agotaron las fuerzas y llamó al hijo hasta su lecho para despedirlo y darle, junto con su bendición, un último consejo.

—Padre mío, aquí estoy, a tus pies.

—Sé un buen rey, hijo, pero no dejes de buscar el verso perfecto. Los cielos han colocado sobre ti esa responsabilidad y nada se cobija más cerca del Altísimo, bendito sea Su Nombre, que la poesía. Ella es la llave que abre la puerta del Paraíso.

El rey murió convencido de que su hijo hallaría el verso para que su reino viviera las glorias de una paz imperturbable.

Y el príncipe ocupó el trono de su padre, pero su obsesión por hallar ese verso tan cercano a la perfección que se encontraba a la misma diestra de Alá, bendito sea Su Nombre, lo llevó a desentenderse de quienes conjuraban para ocupar su lugar. Él buscaba un tesoro mientras otros codiciaban las riquezas materiales de la bella Sevilla.

Perdió el reino, las riquezas y, aún peor, lo obligaron a abandonar su amada ciudad de Sevilla.

Convertido en mendigo, deambuló, sin sentirse demasiado desgraciado por sus pérdidas, pordiosero en ciudades desconocidas, viajero por interminables desiertos, por montañas afiladas como puñales...

Buscaba el verso perfecto.

No logró encontrarlo.

Ya viejo, agotado y a punto de rendir cuentas con la muerte, regresó a Sevilla. El olor a limones, a albahaca y azahar embargó su espíritu y creyó, por un momento, que había encontrado la palabra capaz de arrastrarlo hasta el verso... El vuelo de una golondrina dispersó el hechizo.

—He entregado mi vida a esta búsqueda. Renuncié, sin lamentos, a todo cuanto me correspondía... Apenas me resta un soplo de vida, ¿qué más pruebas he de dar para ser bendecido con la gracia de ese conocimiento?

Una queja y una pregunta repetidas a modo de oración. Una azalá siempre desatendida.

Sus pasos lo llevaron hasta el Guadalquivir, hasta sus arenas doradas como granos de oro bajo el sol. Tomó un descanso sentándose bajo el frescor de un árbol. El rumor del río lo arrastró hasta un sueño breve.

Despertó sobresaltado al escuchar risas felices muy cerca. Sin ser descubierto, espió, prófugo en su antiguo reino, a una pareja de amantes disfrutando del deseo de sus cuerpos, del sol iluminándolos y de su juventud. Sintió el rey destronado un punto de codicia por todo aquello sacrificado en aras de la poesía.

No había conocido las mieles del amor, ni el dolor del abandono, ni el placer de un hijo, ni la calma de un lecho cotidiano.

Sus ojos, resecos de lecturas y de búsquedas, se

humedecieron. Por primera vez, vivió la predicción del nigromante como una condena capaz de robarle la vida tras la conjura de una quimera: aquel verso inalcanzable al cual había sacrificado toda su vida.

Por entre el vaho de las lágrimas, percibió el movimiento del joven sobre las arenas; vuelto de espaldas a su amada, dibujaba con la yema de su dedo palabras en la arena. Sin concederles importancia, sin corregirlas, sin inmutar el gesto de felicidad que colgaba de sus labios.

Después, los amantes vistieron livianas túnicas de seda y se alejaron prendidos de la cintura, flotando como nenúfares sobre sus pasos.

Temblando, acuciado por aquello que su corazón le susurraba iba a encontrar, el viejo rey exiliado y mendigo acercó sus pasos hasta el lugar donde el hermosísimo joven había dibujado algo sobre la arena.

¡Allí estaba!

El verso incansablemente buscado, aquel por el cual había sacrificado la felicidad, el poder, el reino... Dibujado, con la desidia de quien nada busca y nada pretende, en las arenas doradas que orillaban el Guadalquivir, expuesto a ser borrado por las mareas del río, por los pasos de otros amantes.

Allí mismo entregó su vida al Altísimo, aferrando entre sus manos rugosas la arena sobre la que había sido escrito el verso perfecto.

El alba se colaba por entre los resquicios de los postigos. Sin más palabras, el hermoso extraño, el herido que llegó hasta ella para desgarrarla de amor, abandonó para siempre la casa de Hilaria.

Ella no lloró. Durante demasiadas noches había rezado, al principio con fe, luego con la melancolía de la costumbre, solicitando al azar, a la fatalidad, a quien fuera, un poco de cariño. De la nada le llegó mucho más. Llorar significaría maldecir la bendición que ahora la celaba, que la cubriría como un manto durante el resto de vida. Unos días de amor pueden trastocar la eternidad.

Rezaba ahora implorando el regreso de Gabriela. De alguna manera, con el jarabe y sus oraciones, deseaba pagar aquellos doce días impagables. Y lloró, sin ruido ni rabia, con ese avenirse a la desgracia sin ira que aprenden las niñas de sus madres. Todas las lágrimas retenidas aquella alborada se multiplicaron, mansas, hasta crear un río salado por las baldosas de la cocina.

Adela depositó ante su puerta un tarro con confitura de castaña, porque las mujeres se regalan dulces para consolar las penas. Hilaria descubrió que otros conocían su historia y respetaban, en silencio, las migajas de su felicidad.

Gabriel siguió el polvo del carro que alejaba a su amiga del pueblo hasta Oya, donde tomaría un viejo autobús, sintiendo el alma en un nudo y el brazo de Adela sobre sus hombros.

Serafín y Servando escondían los puños apretados en los bolsillos del pantalón. Las mujeres lloraban abrazadas a los pañolones, anticipándose al luto. El cura hizo la señal de la cruz al polvo levantado, tal vez buscando recuperar la fe de su juventud, intentado conjurar al avieso destino, puede que a su propio infierno.

—Háblale de mí a Ratina para que no me olvide.

Gabriela tenía el rostro tan blanco como las vírgenes de la Iglesia. Sus ojos, verdes como agua muerta en un aljibe, ya no dibujaban peces dorados, aquel infinito cansancio que doblaba sus rodillas y consumía su cuerpo, también había devorado los peces dorados que navegaban en su mirada.

—Vuelve —murmuró el chico, cruzando los dedos y haciendo promesas al viento, a la lluvia que empapaba sus alpargatas, de renunciar a los sueños del balón, a lo que fuera por la salud de la niña.

¿A quién pueden ir a quejarse los niños? Con Gabriela todo resultaba fácil, sin ella, sus palabras rebotaban contra muros demasiado altos y sordos. Los adultos viven convencidos de que los niños apenas sufren, protegidos por el manto de su inocencia o porque viven en mundos irreales adonde no alcanzan las desgracias.

—Tienes que tocar el piano —repetía Gabriel a modo de conjuro, para que su amiga no olvidara las notas y ellas la empujaran a regresar—. Tienes que tocar el piano.

Y las gaviotas revoloteaban en el aire tratando de comprender las palabras.

Aquella tarde, la vieja vaca, Ratina por el color de su piel, escuchó frases entrecortadas del niño, se dejó abrazar, acariciar y camelar como si fuera la niña enferma. La vaca soltó aliento caliente sobre el rostro de Gabriel para borrarle los malos presentimientos.

En los ojos de la vaca navegaban barcos y náufragos.

Le pareció que las palabras de doña Paulita, justicia, igualdad..., guardaban parentesco con aquel nudo de impotencia que ataba sus pies y condenaba a Gabriela.

Las gritó al monte, vituperio de conjuros heréticos para ofender a los dioses, y los ojos de las vacas lo miraron con misericordia.

LA TREGUA

Volvió. Tres meses más tarde, Gabriela retornó con un breve trecho de esperanza para la vida. La niña sonreía, pero colgaban de su espalda las alas de un ángel. Solo Gabriel pudo verlas. Aquellas protuberancias, breves aún y encerradas en un muñón como los cuernos de un ternero, habrían de arrastrarla a otro lugar. Gabriel guardó celosamente la visión de aquellos dos breves élitros. Antes rezaba, guiado por su madre, arrodillado ante su colchón de borras, bajo la imagen del ángel guardián de los pasos de un niño.

Cuatro esquinitas tiene mi cama,
cuatro angelitos la guardan...

La idea de que Gabriela fuera un arcángel custodiando infancias no lograba tranquilizarlo, más bien lo irritaba. Los niños caminan siempre sobre el filo de las estrellas. Él se aferró al plazo concedido tratando de espantar a la muerte con sus juegos.

—Madre, ¿tienen alas los niños?

Teresa miró a su hijo temiendo cambios imprecisos en aquel ser que habían cobijado sus entrañas y comenzaba a desprenderse de su piel con sabor a leche de infancia para forjar la piel de un hombre.

—Claro. Cuando muere un niño, Dios le regala unas alas para que pueda subir al cielo.

—¿Y no pueden cortarse?

—Nadie contradice los designios del Altísimo, *meu fillo*.

Gabriel apretó los puños imitando el gesto de los hombres cuando se saben impotentes. Teresa supo que aquella fiebre iluminando la frente del hijo ya no podía curarla con cataplasmas, rezos y caricias.

Desde su regreso, la vida de los niños cambió. Actuaban movidos por una urgencia cuyas agujas giraban en el interior de sus corazones.

La niña dividía su tiempo entre las clases de piano y la Cova das Fontes. Las viejas tareas asignadas quedaron reducidas para ambos en un pacto sin verbalizar con sus padres.

—Si escuchas con atención, el agua te contará las historias secretas del mundo.

Gabriel se esforzaba por entender los murmullos recónditos del agua, pero aún no le estaba destinado el secreto. Sin importarle demasiado, acompañaba cada día a su amiga hasta la cueva.

—¿También hablan de ángeles? —preguntó el niño un día.

—No. Solo de historias verdaderas.

A Gabriel se le atragantaba la verdad de aquellas alas, plumas de ángel prestado para el mundo, que cada día crecían un poco más. Nada le dijo a su amiga, por primera vez comprendió que habría de guardar para sí aquella visión. Alcanzó el sentido de los secretos. Se limitó a espiarla, caminando tras ella para comprobar el tamaño de aquel regalo de Dios para ascender al cielo. Tal vez por eso, los pasos de Gabriela se habían vuelto un poco más lentos, como si sus invisibles alas fueran un lastre de plomo.

—Anda como encantada —afirmaba Juana, tragándose las lágrimas para evitar la desgracia que aleteaba tras la espalda de su hija.

—Buscaré los dineros para curarla —respondía Servando, e imaginaba otras tierras más generosas, allá donde el mar parecía dar la vuelta.

—Peor sería no tenerte —balbucía Juana, temiendo perderlo todo.

Serafín, desde entonces, añadía parte de su pesca en la carga de Servando, como por error, que no era tal, para que rascase unos céntimos extra con la venta de aquellos peces plateados y boquiabiertos.

—Es como si les asustara el cielo —decía Serafín.

—Conocen bien nuestras penas de pescadores —y alguna lágrima brillaba en los ojos de Servando.

Doña Paulita sonreía a la niña enferma de un modo diferente cuando le corregía los cuadernos. Y, a veces, se sentaba a su lado para contarle historias y rescatarla de la tabla de multiplicar.

Fue entonces cuando la maestra del pañuelo rojo al cuello comenzó a llevar a la escuela, apretados contra su pecho, libros maravillosos, iluminados con colores brillantes. Allí descubrieron los niños un tesoro de palabras antiguas envolviendo otros mundos: arenas de desiertos sin agua, fastuosos palacios de malaquita, princesas encantadas por dragones... De alguna manera, doña Paulita sustituyó con los libros la magia del buhonero.

Un día, Gabriela descubrió un cuento que la dejó muda y alelada durante días.

Era la historia de un niño, pobre y desdichado, hambriento y condenado a la miseria, que encontraba una llave de oro. La llave de oro abría un cofre de plomo. Lleno de esperanzas, el niño abría el cofre... La historia terminaba en este punto.

—¿Por qué ese cuento y no otro? —preguntó intrigada doña Paulita.

—Porque se parece a nuestras vidas. Al nacer nos regalan una llave de oro y nos dicen que si encontramos el cofre del tesoro que abre esa llave, encontraremos todo cuanto deseamos. Pero el cofre está vacío.

La maestra sintió vértigo. Aquella niña, nacida entre miseria, habitando en un pueblo tan remoto que ni en los mapas figuraba, acuciada por una enfermedad tal vez incurable, había explicado, con las más sencillas palabras, la verdad de todo cuanto ella temía: que abrieran el cofre de la justa revolución y lo encontraran vacío de pan y futuro para los pobres.

Jamás olvidaría las palabras de Gabriela. Años más tarde se le clavarían en el corazón.

Tal vez por eso, o por salvar lo mejor de sí misma, la joven maestra continuaba hablando de justicia, de igualdad... Ella deseaba hacer ciertas estas palabras a fuerza de repetirlas, pero los niños apenas apresaban su significado: no formaban parte de las escuchadas en sus casas, o en la iglesia; de alguna manera solo andaban vinculadas a la señorita Paulita. Además, don Román, el cura, afirmaba que dentro de ellas se agazapaba, traidor, el diablo.

—Palabras cargadas por *o demo* —esputaba entre el humo de su cigarro de picadura, como si las sílabas llevaran pezuñas y salieran al aire rodeadas de azufre.

—Pues yo creo que el diablo y la maestra ni se conocen —Gabriel andaba enfadado con el mundo, con el cura, con la enfermedad y con aquellas alas prendidas en la espalda de su amiga—. El diablo disfruta con las desgracias de los pobres porque ni siquiera se atreven a protestar.

Y recordaba el secreto de las conversaciones en la Taberna del Cojo, y los puños, apretados por la impotencia, de los hombres.

Gabriela sonreía y posaba su mano, casi transparente, sobre la frente enfebrecida por la rabia de su amigo. Desde su regreso, caminaba por la vida como flotando, forastera de paso, a la espera de un autobús del cual sería la única pasajera.

—Vamos a la cueva.

Una memoria sin palabras la empujaba al lugar, como si algo de su ánima recordara los tiempos en que había sido lugar sagrado para las mujeres. Lecho de piedra donde se amaban quienes deseaban engendrar un hijo la noche de San Juan.

Y arrastraba al amigo hasta la húmeda oscuridad de aquel rincón, el único donde lograba descansar de un cansancio insistente, sólido y plomizo, instalado en sus huesos como una sombra.

Otras tardes prefería la compañía de Ratina, y los tres, vaca y niños, buscaban los helechos del monte, las hojas de los robles y los castaños para que las rumiara el animal.

—A veces, creo que sus ojos me vigilan —afirmó Gabriela.

—Tal vez.

—La abuela dice que si miras demasiado tiempo los ojos de las vacas, te vuelves loco.

—Tal vez.

—Dice que son pozos tan negros como los que se ven en el firmamento entre estrella y estrella. Dice que guardan la memoria de todos nuestros abuelos.

—Tal vez.

—¿Tú crees que ellas lloran?

Y, sin esperar respuesta, corría para abrazar la inmensa y mansa cabeza de Ratina.

—Tal vez —respondió Gabriel a su sombra.

Al niño lo asustaban las cosas que ahora podía decir su amiga. Vigo quebró sus infancias y envejeció sus corazones.

Vigo está tan lonxe
que se desourentaron as cartas mariñas.

Gabriel prefería las horas dedicadas al piano, esas horas vigiladas por él tras la puerta de aquel caserón blasonado donde doña Hilaria marcaba el compás con su bastón de plata, dictaminando el modo en que debían interpretarse las notas.

—No, con más calma. Las notas muestran la herida mortal de su dolor. No gritan, apenas murmuran en una agonía densa, incurable y mortal, pero lenta y sorda.

Aquellas tardes, con la espalda apretada contra el muro, bajo la ventana del salón, arrastrado por la música ahora transformada en la voz de su amiga, tratando de descifrar las palabras ocultas en aquellas melodías arrancadas por las manos casi transparentes de Gabriela, fueron lo más parecido a la felicidad perdida.

Cruzaban el viento las notas como mariposas liberadas. En otro tiempo, arrancadas por las manos de la niña Reme, cruzaban los pinares y la prohibición del marqués para acariciar el rostro del joven poeta.

Gabriel olvidó el balón de trapos atados con cordeles, el sólido balón de cuero de Saúl. Olvidó sus propios sueños. Lo olvidó todo excepto los verdes ojos de su amiga y las notas transmutadas en mariposas.

LAS ALAS

Corrían los años y todo se mantenía igual. Flotaban en un mar de plomo. Las alas habían crecido tanto que podían envolver el frágil cuerpo de Gabriela. La vida, como el mar, vigilaba en calma el anuncio de una galerna.

Aquella primavera, los hombres caminaron con frecuencia hasta Oya. En la Taberna del Cojo ya no se ocultaban los pañuelos rojos en el cuello. Muy lejos, la República había sido decidida en las urnas.

Se tornaron niños alzando su mano para tocar la luna.

Doña Paulita hizo las maletas y desapareció durante un mes para regresar transformada, con las mejillas arreboladas de una guerrera. Don

Román dejó de maldecir las palabras de la maestra en el púlpito y andaba encorvado, como si esquivara la hoja de la guadaña.

Los hombres continuaban faenando el mismo mar, pero algo en sus miradas andaba transformado.

Cuando llegó el verano y las mujeres recogían, inclinadas en los surcos, la cosecha de patatas, llegaron noticias de un alzamiento.

—No iban a consentir que los pobres levantásemos la cabeza —mascculló Servando.

—Calla, por Dios —rogó Teresa, prediciendo el futuro.

Algunos hombres desaparecieron, buscando refugio o un arma para defender lo ganado. Otros permanecieron quietos, como árboles heridos por el rayo.

Como parte de un aviso, otra contienda, más dolorosa, envolvió las vidas de Gabriel y Gabriela.

El día que Gabriela cumplió trece años no pudo celebrarse la fiesta con roscas de almendra, porque de nuevo el viejo mal la postró en la cama. Un cansancio de siglos ataba su cuerpo mientras la vida huía, con blandura y sin reposo, como un goteo incesante.

Por las laderas del monte, de vez en cuando, pasaban camiones cargados con soldados, hambrientos y desharrapados unos, ufanos y broncos otros. Las mujeres ocultaban a los hombres y a los niños en los pajares, en los desvanes, dispuestas a enfrentar solas el humor de aquellos combatientes. Los rostros de algunos las incitaban a la lástima, al recuerdo de una oración.

Mediado el verano, las noches se llenaban con los zumbidos de las bombas y el rugido de los aviones. También el mar fue testigo, Vigo revivió asedios olvidados.

Luego, cuando las bayas del tejo se incendiaron, aparecieron lastimeras caravanas de huidos. Niños adormilados sobre humildes colchones en lo alto de los carros de madera; mujeres arrastrando la testuz cansina de los bueyes; hombres agotados empujando desde atrás las ruedas de los carros, ellos mismos tan resentidos como los bueyes. A veces, alguno se acercaba hasta el pueblo pidiendo pan.

Fue doña Remigia, asombrando a todos, quien comenzó a salir al paso de aquellas compañas ennegrecidas por la lluvia, el hambre y la desesperación de los vencidos, ofreciendo pan de maíz, manzanas, leche... Transmutó su casa en cocina de batalla, encontrando fuerzas en la rabia contenida dentro del manicomio donde algunos mostraban el mismo rostro, vencido y demacrado: el semblante de todos los derrotados.

Rezongaba la criada sobre los fogones, convencida de que la marquesita retornaba a los días de locura.

—Las criaturas son inocentes —respondía ante la acusación muda de la criada cargada con los cestos.

Ni siquiera don Román se atrevió a contradecir aquella caridad con los enemigos de Dios.

Las bombas, los camiones, las caravanas de fugitivos, formaban parte de la tragedia recogida por la historia; pero la vida de los hombres se mueve por nimiedades capaces de arrastrar a una catástrofe silenciosa: un virus cabalgando a lomos de una rata; un paso en falso; una promesa incumplida; un consuelo no prestado...

La enfermedad de Gabriela.

Doña Remigia, olvidada de sus blasones y del orgullo herido por su propio dolor, entró en la casa de su alumna y dedicó horas a vigilar la cabecera de su cama. Los padres de la niña la miraban con el respeto ancestral de los pobres hacia quienes han nacido ricos y, por eso, desconocen el rugido de sus tripas y el frío de los colchones rellenos con hojas secas de maíz. Se equivocaban esta vez, la marquesa cargaba en su piel con las muescas de crueldades peores que el hambre: aún le dolían las sienes donde descargaban electricidad para calmar sus gritos; aún sentía en la nariz el tubo por donde le introducían la papilla capaz de mantenerla viva, aún tronaban en sus tímpanos los desgarros de la desesperación...

—Daría todo mi dinero por salvarla —afirmaba doña Remigia, ungida por el odio a lo injusto de aquel trato con la muerte.

—Dios no cobra sus favores —respondía Adela, oculta en un rincón del cuarto, aferrada a su rosario de cuentas negras.

—Tampoco los presta.

Una leona herida frente a la cueva donde aguardaban sus cachorros, eso era ahora la marquesa de amor robado.

—Años de vida me sobran, pero no es a mí a quien busca la parca —añadía dolida y airada.

—Algún trabajo le quedará pendiente —contestaba Juana, sentada al otro lado de la cama, atareada en bordar un ajuar que jamás disfrutaría su hija.

Las mujeres continúan las tareas cotidianas en mitad de las tormentas, tejen y aran la tierra, para conjurar de este modo el regreso de los días perdidos.

Hablaba Juana con la calma, a medias resignada, de las mujeres pobres acostumbradas tras generaciones a enterrar a sus hijos por falta de alimentos, de medicinas, de esperanza.

—A veces, pienso que ese mundo al que se refiere la maestra sería mejor —sentenció la anciana—. Tanta gente condenada a vagar por los montes no puede tener otra culpa que su desdicha.

Juana y Adela hicieron la señal de la cruz, recordando las prédicas del señor cura contra semejante herejía.

Doña Paulita volvió a abrir cada día la escuela, tiritando de frío y pavura, sintiendo el aleteo de los cuervos sobre su frágil cabeza y las miradas de los vecinos, hoy compasivas, mañana tal vez acusadoras.

Por las tardes, en cuanto lograba escabullirse de la escuela y las faenas con las vacas, informadas de la enfermedad de Gabriela y oteando con la languidez de sus inmensos ojos la sombra de su figura infantil en las eras, corría Gabriel a casa de la enferma. De su amada. Todo parecía mantenerse en el mismo sitio, como el pacer de las vacas, sin embargo, todo andaba trastocado. Cada tarde repetía el escrutinio minucioso sobre aquel rostro tan amado esperando las señales de una mejoría, asustado por el violeta de sus ojeras.

—La envuelven las alas —dijo una tarde de plomo oculta por la lluvia.

Juana lo miró sin atreverse a preguntar, sabiendo que solo los niños pueden seguir el rastro del destino, porque sus miradas aún no han sido cegadas por la vida. Juana cerró los ojos y presintió un rayo en sus entrañas.

Gabriela pasó el invierno en la duda; parte de su espíritu se negaba a dejarse llevar, porque le quedaba algo pendiente. Lo supo Gabriel cuando la vio boqueando sin fuerzas, pero con el verde de sus ojos tremando: un pez tratando de solicitar su regreso al mar mientras agoniza en el fondo de la barca. El país andaba desgarrado en una agonía similar.

En abril pareció mejorar lo suficiente como para volver a levantarse.

—Quiero tocar el piano.

Fue su primer deseo y doña Remigia juró que si su alumna se curaba invitaría a chocolate a la señorita Paulita. Jamás había entrado en su casa otra persona del pueblo que no fuera Gabriela o la vieja criada que llevaba toda la vida al servicio de la rica y blasonada familia.

—Acompáñame a la Cova das Fontes —pidió a la tarde como segundo deseo.

Gabriel, feliz como un grillo en día de sol, le prometió al destino, o a Dios, o a quien gobernara los hilos de todo aquello, que jamás tocaría un balón a cambio de contar siempre con Gabriela cerca.

Fue una primavera hermosa.

Juana volvió a cantar en la cocina.

La pesca fue generosa con los marineros, tal vez porque los peces huían de otras costas sometidas a las bombas.

La guerra se olvidó del pueblo, pasó de puntillas dejando tan solo su hedor a gusanera.

Doña Paulita merendó muchas tardes en casa de doña Remigia, llevándose cada día bajo el brazo un libro. La maestra heredó los mejores tomos de la biblioteca del Marqués de Mohenda, muerto sin heredero para su título y padre de doña Remigia.

Al final, todos los intentos del marqués por apartar de su casa a los desheredados se volvieron contra su tumba a manos de su hija.

Don Román dejó de asustar a los feligreses desde el púlpito y leía en el Evangelio historias de perdón y esperanza. Esas cosas tiene la religión: historias para asustar e historias para consolar.

Sin embargo, y solo ante los ojos de Gabriel, las alas de Gabriela, esponjadas y sedosas, brillaban cada día más con reflejos de azabache, con la espesura de los cuervos en el alféizar de las ventanas donde olfateaban carroña, capaces de enloquecer a quien percibiera su aleteo.

LAS FUENTES

La tarde en que todos preparaban leña para la hoguera de San Juan —quemar lo viejo, asistir al parto humeante del futuro—, Gabriela brillaba hermosa y radiante como una princesa, como una rosa recién abierta al rocío de la vida. Jugueteaba en el pueblo un deseo feroz por arrinconar la tristeza que los cubría como ceniza.

Gabriela, con la autoridad de hembra recién florecida, enfrentó los ojos pardos de su amigo para obligarlo a formular una promesa.

—Júrame que lo harás.

—¿Qué cosa?

—Tienes que jurarlo antes de saberlo.

Él miró el rostro de ella. Le recordó a una mariposa recién salida de su capullo y sus mejillas enrojecieron prendidas de un fuego desconocido. Los peces dorados navegaban de nuevo en el verde monte de los ojos femeninos. Una mujer.

—Vale.

Con aquellas dos sílabas le entregó su alma de niño y se hizo hombre. No estaba ante la niña cómplice en la cacería de grillos, la misma que miraba el horizonte marino para ver, la primera, el regreso de las barcas. Hablaban con palabras conocidas, pero su sonido rebotaba diferente contra el cielo.

—Quiero que vivas por mí la vida que me falta.

En la cabeza de Gabriel resonó un zumbido y sintió en sus tripas el oleaje de una galerna. Aceptó sin palabras, con la inocencia de los seres que aún no han roto el cordón de estrellas del cual pende el alma cuando nacemos.

—Vamos a la Cova das Fontes.

Caminaron sin necesidad de engañar sus pasos con palabras, dejando que los arbustos dibujaran en sus piernas la grafía del monte, mojando sus pies descalzos en los breves riachuelos para refrescar el sofoco de su misión.

Los ojos de Ratina vieron pasar sus manos enlazadas y sus ánimas prometidas. Cabeceó y mugió al monte.

Dentro de la cueva aguardaba un lecho de piedra y musgo colocado por olvidados ancestros en las entrañas de la tierra justo a la espera de aquel día. Aquello que otrora fue sagrado jamás pierde la bendición, su voz arcana continúa incansable llamando a sus feligreses aunque estos ignoren el mensaje. Bajo ellos, el rumor remoto de las fuentes borbotando su nacimiento acunaba la oscuridad de la cueva. Como un vientre.

Siete fuentes para siete ríos desconocidos. Y los cuerpos de cientos de mujeres bañándose en el fondo de sus aguas.

Se tumbaron juntos y Gabriela estiró su mano hasta enlazar la de su amigo. Su amado. Un rehílo de rayos divinos traspasó ambos cuerpos. A los trece años se es, como nunca, el dueño del mundo, el dueño del amor. Después solo permanecen los rescoldos.

Si alguien hubiera visto entonces sus rostros, entendería la envidia que sienten por el hombre los seres inmortales, porque durante segundos, apenas el tiempo de un parpadeo, de un batir de mariposas, de un graznido de cuervo, ambos conjuraban en sus perfiles la sublime certeza del amor. Toda la magnificencia del Universo empequeñece ante ese milagro irrepetible, más luminoso que el nacimiento de una estrella, más cegador que mil soles superpuestos, más hondo e insondable que las fosas marinas o el infinito desierto de galaxias, más ardiente que el oleaje del desierto. Privilegio del hombre, miserable, harapiento y mortal.

Dicen los viejos libros heréticos que el propio Dios, tras crear todo cuanto existe, tan solo se estremeció cuando contempló el rubor de un sentimiento más fuerte que su gloria: el amor de los mortales. Afirman los poetas que ni siquiera Él pudo imaginar algo semejante para sus criaturas.

Gabriel y Gabriela, allí, refugiados en el interior de la cueva, ajenos a su propia majestad, volvieron a estremecer al Creador.

—Te amaré siempre —pronunció Gabriel la declaración sin un temblor en la voz.

—Yo también. Y necesito tu ayuda.

—Podría darte la sangre de mis venas para curar la tuya, a mí me bastaría con la mitad de mi vida, pero necesito la tuya.

Todo hombre sabe, si la desmemoria de la vida no ha logrado asesinar al niño que fue, que nunca como a esos años se habla con la verdad, porque las palabras aún guardan el sabor del Universo.

—Necesito parte de tu alma —contestó Gabriela.

Podría tomarla entera, aunque, sin saberlo, ellos eran solo mitades de un mismo ensueño.

—Quiero pasar aquí mi última noche, para que las fuentes te vayan traspasando todo aquello que yo debía vivir y no podré.

Hubo un silencio tan solo cubierto por el borboteo de las fuentes. Gabriel no consideró imposible el prodigio, aún era el niño que estira su brazo para acariciar el blanco rostro de la luna. Tan solo hubiera querido pedirle: *arráncate las alas, mi amor.*

—Si aceptas, tendrás que vivir parte de esa vida robándola a mi memoria. Así, continuaré corriendo por estos montes, regresaré a la cueva de las fuentes, besaré la mejilla de mi madre, abrazaré a mi padre cuando regrese del mar, podré mirarme en los ojos de las vacas sin volverme loca... Tocaré el piano.

Xa temos tantas estrelas
e tantas luas sumisas
que non caben no-barco nin na noite
Xuntaremos paxaros sin xeografía
pra xogar cas distanzas
das suas áas emplexadoras
E os adeuses das nubes
mudos e irremediables
E aramaremos unha rede de ronseles
pra recobrar as saudades
co seu viaxe feito
polos oucéanos do noso corazón

Todo estaba dicho. Ambos guardaron las palabras para atender el rumor de las fuentes. Gabriel distinguió vocablos de un idioma anterior a todo en el rumor del agua. Por primera vez en su vida, incluso fue capaz de comprender sus historias.

Hablaban de las gentes del pueblo,
de los marineros sepultados en el mar,
de las tristezas tejidas entre los bordados de las mujeres,
de las hogazas de maíz y los nacimientos,

de la mirada guardiana de las vacas,
de lo que habían sido...
De lo almacenado para el futuro.

Los buscaron toda la noche sin encontrarlos, mientras una luna redonda y blanca como una oblea bendecida entraba por las grietas de la cueva y bañaba sus cuerpos purísimos. Cuerpos divinos, intocados por la maldad del mundo. Cuerpos de ángeles.

Lejos de allí, al otro lado de los montes, los hombres revivían odios, llenas de horror sus miradas.

Al día siguiente, fue Serafín quien los encontró.

—Dormidos —y el hombre suspiró aliviado.

Los hombres quedaron mudos durante unos minutos, temiendo romper el hechizo de la cueva, temiendo la frágil magia de aquellas imágenes, recordando memorias prohibidas. Tal vez alguno pensó en olvidarlos para siempre en su lecho elegido para evitarles las desgracias del mundo.

Gabriela lucía hermosa como una novia enamorada, sonreía. Jamás hubo en el pueblo imagen de santa en la Iglesia con un rostro más bello. Las alas de ángel cubrían ahora totalmente su cuerpo. Gabriel, a su lado, respiraba tranquilo, acunado por los cuentos de las fuentes. Feliz.

El sueño de Gabriela era una despedida.

EL PIANO

Tres días más tarde, Gabriel llamó a la puerta de doña Remigia. La anciana, con los ojos rojos de lágrimas y rabia contra el destino, lo dejó entrar. Lo aguardaba. Ni ella misma comprendía de dónde le venían las fuerzas para continuar. El chico caminó hasta el piano, como si sus pasos hubieran recorrido aquel pasillo durante años.

Eran, ya, los pasos de un hombre.

—Yo también perdí un amor —murmuró la anciana para sí y sus fantasmas.

Gabriel no supo cómo acercarse a la negrísima madera del piano. Le flojeaban las piernas y sus manos se agarrotaban con el mismo puño impotente de los hombres.

—Te estaba esperando —murmuró doña Remigia—. Creo que él lo supo mucho antes que nosotros.

—¿Y Gabriela?

Necesitaba sentir su permiso antes de acariciar lo que sus manos habían acariciado. Se las miró: le parecieron animales desvalidos.

—Ven —dijo la mujer, apretando el temblor de sus manos con las suyas.

Las rugosas ramas del viejo árbol aferraban la tierna yema recién nacida.

Las notas del piano sonaron todas las tardes desde aquella. Rebotaban en el aire contra la muerte, contra la desmemoria, contra la injusticia. Las vacas levantaban sus ojos y movían los cuernos para ir apresando las notas en su testuz. Los estraperlistas que cruzaban el monte con azúcar, bacalao en salazón, aceite y café, tomaban como referencia geográfica las sonatas, los valses, los estudios... Afirman que hasta las lanchas llegaban las notas, mariposas de acero y ensueño, envolviendo a los hombres e inmovilizando las alas de las gaviotas. Nadie preguntó nada a Gabriel. Serafín olvidó el destino del mar para su hijo y, sin decir palabra, consintió el curso de aquel río sin comprenderlo.

Los hijos nacen para vidas desconocidas. Se hacen hombres en un segundo y sueltan la mano del padre.

Gabriel había perdido la mitad de su alma, el lugar donde guardaba sus sueños de gloria con el balón o las fotos en sepia de la Taberna del Cojo.

Ahora, aquella parte tullida, cercenada de un tajo por la guadaña de la parca, iba renaciendo cada vez que sus dedos acariciaban los dientes del piano. Por momentos, incluso podía sentir aquel nacimiento gozoso en su interior. Se parecía al borboteo de la cueva.

Cobijó tal nacimiento como un secreto. Su segundo secreto. El primero habían sido las alas de Gabriela.

Teresa, los sábados, preparaba la misma merienda, pan untando con manteca de cerdo y espolvoreado con azúcar, ese milagro dulce tan difícil de conseguir y que ella negociaba con los estraperlistas que acarreaban los sacos desde Portugal a cambio de sus bordados. Antes, mil años atrás, recibía del mismo modo a los dos, cuando aún eran dos y como si siempre fueran a llegar dos hasta su casa.

Juana, a veces, veía rielar la sonrisa de su niña en la espalda de aquel chico.

Servando, por segundos, creía percibir en los ojos oscuros de Gabriel los verdes ojos de su niña.

Juana y Teresa continuaban encontrándose en la farmacia de doña Hilaria, en la iglesia o en el lavadero y se reconocían como consuegras de un matrimonio celestial. Las mujeres siempre intuyen lo que ocultan las nubes y lo más furtivo de los libros sagrados.

Años más tarde, buhoneros de otras tierras recogían la leyenda de los novios celestiales...

Que aún eran niños y se juraron amor eterno celebrando su matrimonio en una cueva donde siete fuentes parían siete ríos... La novia amaneció muerta, dicen que tanto amor le desgarró el corazón.

Ya se sabe que todo buhonero usa entrañas de poeta y cuenta los sucedidos al modo de las romanzas.

Gabriel no dejó de visitar la Cova das Fontes. Tumbado sobre la losa de piedra y musgo, alguna vez sintió un aleteo sobre sus mejillas, sobre sus labios. Y tenían el sabor a hierba de su amiga. Aquel era su lecho de enamorado, el lugar donde consumaba los sueños quebrados.

Escuchaba las historias de las fuentes borbotando sus primeros momentos de existencia y hablaba con Gabriela, relatándole la vida que, a medias, compartían: sus progresos con el piano, la lágrima descubierta en los ojos de Ratina, el pan con azúcar que su madre continuaba ofreciéndole los sábados, las vidas de los padres, tan silenciosos ahora que no caminaban los domingos hasta Oya, el miedo de las mujeres, los fugitivos que llenaban los montes...

LAS DECISIONES

Un día, las fuentes lloraban como si el diablo cabalgase, fuego y muerte, hasta el perdido pueblo donde nacían los siete ríos secretos.

Los calendarios marcaban el primero de abril de 1939, pero no anunciaban la primavera.

Regueros de sangre y muerte corrían los caminos. El miedo enlutó los corazones oprimidos. El ponzoñoso olor de la guerra, que había pasado de puntillas por el pueblo, mostraba ahora su rostro. La señorita Paulita, escondida en la casa de doña Remigia, temblaba con cada ruido y acariciaba sus trenzas.

Trataba de aferrarse a los momentos felices de su juventud, cuando todo parecía al alcance de las manos y estudiaba para ser maestra, para liberar de la ignorancia a los niños condenados. Los tiempos de las canciones, las banderas rojas, los muchachos sudorosos... Buscaba en los risueños rostros de todos los niños que pasaron por sus manos la esperanza liberadora de aquella noche sin tregua.

Pero el espanto encogía sus piernas y su corazón.

Doña Remigia tomó las riendas de la historia en sus sarmentosas manos. De algún modo, todos se habían acostumbrado en los últimos tiempos a que fuera ella quien guiara las bridas del carruaje enloquecido en donde cabalgaban sin rumbo. A primera hora de la mañana, un 3 de abril del año de la victoria, encaminó sus pasos hasta la casa de don Mariano, cada día más enquistado entre aquellas paredes, como una cucaracha temerosa. No era un hombre, sino una sombra acosada por fantasmas que, desde el pasado, le reclamaban su turno, su parte de sal, que habitaban su casa con los recuerdos de años turbios y cobardes.

—¿Qué buscas, marquesa?

—Nunca utilicé tal título.

—Nunca evitó que lo fueras, al igual que los porqueros jamás se desprenden de su olor a pocilga.

—No quiero recordarte tus crímenes, Mariano, tan solo quiero direcciones de gentes que aún te deban favores y puedan ayudar a quien llegue de tu parte.

Golpeó las losas con el bastón de plata dispuesta a lograr aquellas direcciones al precio de su propia condenación eterna. Los ojos del hombre, casi cubiertos por el velo de una araña implacable tejiendo su ceguera, trataron de fijar el rostro de la mujer.

—No te debo nada.

—Tienes demasiadas deudas pendientes —el hombre intentó una protesta frenada por la mano altiva de la mujer—. Ha llegado el momento de pagar alguna. Más te vale pagar en este mundo que en los infiernos.

—Los infiernos, los infiernos...

Debía de llevar años imaginando ese castigo. Si doña Remigia hubiera ido a buscar al cura habría encontrado un alma gemela a la presente. Antes de la muerte, se hermanan aquellos que compartirán destino.

Remigia tomaría la mano de Adela e Hilaria.

El cura y Mariano transitarían el mismo pasillo.

Pero eso sería después, ahora urgía salvar ciertas vidas.

Aquel rescoldo de hombre, acosado por deudas de muerte, buscó a tientas una silla para soportar el peso de tanto pavor.

Regresó a los tiempos remotos de su juventud, al día en que enterró a la madre y quedó solo en un mundo donde nada tenía sino el frío y los palos en los huesos. Trabajó durante tres años como un buey, sin una queja y aceptando cualquier jornal que aumentase las parcas monedas recontadas cada noche.

Embarcó en Vigo una mañana de brumas. Vomitó entre las olas hasta el último vestigio de lo que había sido; olvidó el rostro de su madre, la bendición sobre su cabeza con la mano sucia y huesuda; olvidó las noches que buscaba calor refugiado en su cuerpo, compartiendo el jergón con el cerdo. Todo cuanto pudiera atarlo se fue entre bascas.

Cuando llegó a Argentina no quedaba ni rastro del hombre que debió ser. Bajó la pasarela del barco un animal acorralado y dispuesto a todo para regresar rico. Jamás sacó otro partido a sus dineros que el haber cumplido la promesa que se hiciera a sí mismo cuando perdió en el horizonte las costas gallegas.

—No volveré a hozar tu tierra, la pisaré con buenas botas.

No tardó en encontrar comprador el ánima vagabunda de Mariano. Desde entonces, ningún crimen fue suficiente para quebrar el gesto duro de su boca apretada o velar el negro de su mirada. La plata llenaba sus arcas.

De aquellos tiempos en que hubo de competir con otros tan dispuestos como él le quedaban cicatrices en el pecho y la espalda. Pero no era el dolor de esas botanas lo que le robaba el sueño, sino el recuerdo de una noche.

Matar no era una novedad. Encajó su sombrero de ala ancha, ajustó la faca y dos revólveres en el grueso cinturón de cuero cubierto con las muescas que anotaban sus crímenes. En su gremio se ganaba respeto por el número de fiambres.

Olvida tus armas, gallego, hoy habrá de ser la dinamita. Tranquilo, tan solo unos cuantos matones ocupan el garito y han de saber quién manda en estos pagos.

Concienzudo con su trabajo, Mariano esperó a que se disipasen los humos de la explosión para tratar de contar los cadáveres. Encontró, destrozados, los cuerpos mutilados de siete niños, dos mujeres y un hombre.

—El infierno será un descanso —dijo ahora el hombre.

—Antes de partir, dame esas direcciones.

La mujer no tenía tiempo para escuchar su confesión. Ya les quedaría la eternidad.

—Si quieres, otro día descargas tu alma, ahora me urgen tus contactos.

No preguntó a quién trataba de salvar aquella extraña mujer que todos dieron por loca durante treinta años. Después, arrastró sus pasos hasta un arcón para extraer una destrozada libreta con las tapas de cuero repujado. Es posible que conociera de memoria todo cuando allí estaba escrito, sin embargo, repasó las hojas con las yemas de los dedos como si hiciera recuento de horas robadas. Arrancó una de las hojas y se la entregó a la mujer.

—Me debe más que la vida.

—¿Ayudará a quien vaya de tu parte?

—La mitad de sus negocios me pertenecen y ha de rendir cuentas cada año —aún relució un colmillo de oro al imaginar el susto del compadre—... Espera.

Abandonó la cocina y subió las escaleras que conducían a su cuarto, una habitación perfumada de abandono y soledad. Los minutos que tardó le parecieron siglos a doña Remigia: el tiempo resultaba vital.

—A quien se presente ante él dile que enseñe las escrituras. Él sabe que no las entregaría a otro que no me representase.

—Escribe una nota diciendo eso mismo.

Don Mariano cabeceó dispuesto a beber el cáliz hasta las heces. Con la torpeza de quien aprendió a mal escribir pasados los treinta años, dibujó dos líneas: una orden. No se pierden las costumbres ni siquiera ante las puertas de la muerte.

—Espero que te hayas ganado un poco de paz —y el deseo de la mujer era cierto.

De regreso a su casa, alta como un árbol inquebrantable, iba pensando en las tareas siguientes. Los fantasmas de Mariano habrían de agusanar un poco más las palabras que ella no quiso escuchar. Habría de vomitarlo solo, repitiendo las bascas derramadas sobre el océano.

—Paulita, se terminó el encierro.

Miró la maestra a la marquesa con el aire asustado de los animales acorralados, imaginándose ya frente a la tapia de un cementerio.

—Nos vamos a Vigo, allí embarcaréis para Argentina.

—¿Quiénes?

—Gabriel y tú. Has de cuidarlo como si fuera una parte de ti. Tendrás una dirección, dinero y joyas suficientes para soportar los primeros años y pagar sus estudios de piano. Con tu vida haz lo que quieras, que nada me debes y, si puedes, trata de ser feliz, muchos de tus antiguos compañeros deben de andar por aquellas tierras.

El discurso era pan blanco tras días de hambre; música dulce tras los bombardeos. La maestra aún tuvo fuerzas para la esperanza.

—Prepara tus cosas.

Después fue a casa de Gabriel, dispuesta a enfrentarse con sus últimas fuerzas a la resistencia de los padres.

Abrió la puerta Teresa, temiendo abrirla al propio diablo vestido con capa verde y tricornio acharolado. Apenas pudo creer quién se presentaba en su casa a la hora en que se disponían a comer las berzas de todos los días.

—Pase, por Dios.

Ahora, todas las casas se parecían en la luz amarillenta, en el olor a desamparo, en el tiritar casi visible de sus habitantes.

—Quiero llevarme a Gabriel.

—¿A dónde? —preguntó Servando, encorvado pero firme.

—Primero a Vigo, después a la Argentina.

El chico abrió los ojos, miró los rostros de sus padres, primero, después se posaron en Adela, que repartía su tiempo entre la casa del hijo y la de aquel nieto adoptado tras la muerte de Gabriela, y no supo si alegrarse o abrazarse a su vieja vida para no perderla. Pensó en la cueva. Algo en su interior le dijo que Gabriela viajaría a su lado.

—Es peligroso, doña Remigia, yo le agradezco la intención, pero andan diciendo que barcos alemanes hunden mercantes de todas las banderas en alta mar.

—Es posible. Sí, es posible que no lleguen hasta Argentina...

—*¡Meu Deus!* —sollozó Teresa, sabiéndose incapaz de parar las desgracias.

—Puedes rezarle para que lleguen, Teresa... No me burlo, tan solo pienso que el viaje supone una esperanza, aquí nada bueno le espera a Gabriel. A ninguno de nosotros, pero él tiene una vida por delante... Y el piano.

—¿Irá solo? —preguntó la madre.

—La señorita Paulita irá con él.

Sonrió Servando, conociendo las razones de proteger a la maestra. En mitad de la desesperanza, entre la ceniza espesa que atoraba todas las gargantas, aquella mujer huraña, que durante años vivió escondida tras sus blasones, se había convertido en un ángel reparador de injusticias.

—Irá —dijo el hombre, recuperando parte de su vieja firmeza.

—¿Cuándo? —preguntó Teresa, imaginando la despedida.

—Mañana mismo. Cuanto más tiempo pase,

más difícil lo tendremos. De momento aún sirve para algo el título de marqués de Mohenda.

Fue una noche larga en la casa de Gabriel. Juana, Serafín y Adela compartieron la duermevela como casi un año atrás habían compartido el velatorio de Gabriela.

—Vivirá —vaticinó Juana, con los ojos iluminados—. Tiene que vivir por dos.

—Él sí regresará —afirmó Adela, recordando al marido perdido tras ese océano con sabor a frutas prohibidas.

—Siempre pensé que sería yo quien embarcaría rumbo a esas tierras —terminó Serafín.

Doña Remigia no probó su lecho. Luchaba contra el tiempo y el destino como si pudiera corregirlo con sus manos agarrotadas por la artritis. No volvería a ver a Gabriel: toda su vida andaba sembrada de pérdidas, tal vez por eso se había negado durante años a abrir sus puertas.

Acarició el piano, repitiendo aquellas notas densas y tristes que tanto le costaba interpretar a Gabriela; después embaló unas joyas, escondió dinero en una faltriquera de seda, envolvió entre paños la hoja arrancada, el papel con las dos líneas mal escritas y las escrituras.

—Te vas a quedar muy sola —Paulita apareció en el salón, furtiva como una sombra y temblando de esperanza.

—Hace años que estoy sola, rapaza. Ninguna compañía borra ciertas soledades.

Mentía. Sí era cierto que su vida, casi entera, fue un largo desierto de soledad, salvo la infancia acompañada por su padre, salvo los breves tiempos del mozo que tanto amó... Salvo por la compañía de aquellos niños, Gabriel y Gabriela. Nada pudo hacer para cortar el brazo de la parca que se llevó a la niña, pero algo podía para evitar la desgracia que aleteaba como un cuervo sobre Gabriel.

El viejo carruaje repitió el viaje hasta Oya. Desde allí un destartalado autobús los llevó a Vigo.

Vigo está tan lonxe
que se desourentaron as cartas mariñas.

Sintiendo quebrarse el corazón, doña Remigia embarcó a la señorita Paulita y a Gabriel en un barco con rumbo al lugar de todos los emigrantes gallegos. Los senderos de aquel océano andaban ya teñidos de parda morriña.

—Cuida sus clases.

Fueron las últimas palabras dirigidas por la marquesa que renunció al título a la maestra que hablaba de justicia, de igualdad y de asuntos prohibidos por el cura.

epílogo

Nunca regresaron a Cova das Fontes.

Durante años, mientras vivieron los seres añorados, enviaron tres cartas cada mes: una a doña Remigia, otra a los padres de Gabriel y otra a los padres de Gabriela. Siempre tres cartas que se leían hasta el agotamiento de cada palabra pasando de casa en casa y añadiendo cada cual la línea que faltaba y andaba en la misiva de otro.

La primera que dejaron de escribir fue la de doña Remigia. Tan solo pudieron enviarle trece, como los años que tenía Gabriela cuando cerró los ojos en la cueva.

La última la leyó Teresa, anunciando un regreso que no pudo ver y que ellos evitaron al enterarse de su muerte, porque ya nada los ataba al lugar.

Vieron el puerto de Vigo desde el barco, sin parar en la escala antes de Coruña, donde tomarían un tren, sin reconocer ninguno de los rostros en el muelle.

Vigo está tan lonxe
que se desourentaron as cartas mariñas.

Gabriel no dejó de escuchar, cada noche de su vida, el rumor de historias narradas por el agua al nacer bajo aquella laja de piedra y musgo, en la cueva que era vientre del monte, del mundo, refugio de perseguidos y lugar sagrado para los amantes más jóvenes. Al final regresaron, de algún modo, los ancestrales tiempos de purificación.

A veces, junto con el rumor del agua, atravesaba un océano aquel olor del pueblo a tierra mojada, a sal marina y a bosta de vaca.

El rostro de su madre fue borrándose del recuerdo que intentaba dibujar cada noche en la pared de su cuarto. El de Gabriela no necesitaba recordarlo, porque se había convertido en parte de su piel.

Veintidós años más tarde de su salida de Vigo, en Viena, Gabriel estrenaba al piano su *Concierto de fuentes para Gabriela*.

En un remoto pueblo de Galicia, en aquel mismo momento, las siete fuentes repetían las notas del concierto.

ÍNDICE